KB207853

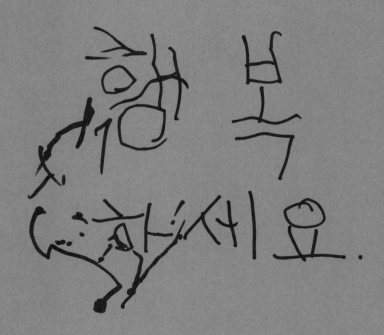

전지적 푸바오 시점

내가 보물인 이유는 당신에게 행복을 줄 수 있기 때문이에요.

행복해하는 당신을 보면 나 또한 행복한 마음이 가득 차올라요.

기억하세요.

우리는 모두 누군가에게 '푸바오'라는 것을.

작은할부지 송바오가 전하는 푸바오의 뚠빵한 하루

전지적 푸바오 시점

에버랜드 동물원
송영관 글 · 류정훈 사진

어 메 이 징 판 다 월 드

우리 가족을 소개합니다

엄마 아이바오

우리 엄마는 아이바오, 사랑스러운 보물이라는 뜻이래요. 저를 따뜻하게 안아주면서도 강하게 키웠죠! 엄마는 세상에서 제일 예쁜 판다라는 별명을 가지고 있을 정도로 빼어난 미모를 자랑하는데요. 성격은 온화하고 침착하면서 신중하지만, 한번 화가 나면 근처에는 얼씬도 못 할 정도로 무서운 판다예요. 그래서 엄마와 레슬링을 하거나 장난칠 때는 선을 넘지 않도록 항상 조심해야 하죠. 엄마는 대나무를 먹을 때 주로 왼손을 사용하고요. 입맛이 까다롭지 않아서 뭐든지 골고루 잘 먹어요. 저도 그런 엄마의 식성을 닮으려고 노력하고 있어요. 엄마가 중국을 떠나 한국에 왔을 때 마음에 드는 대나무를 찾기까지 고생을 좀 했대요. 지금은 마음에 드는 대나무를 먹으며 한국에 완전히 적응했지만요. 어? 판다월드가 처음이라 누가 우리 엄마인지 모르겠다고요? 등에 있는 검은 무늬가 'U'자 형태를 띠고 있으면 그 판다가 바로 내가 세상에서 제일 사랑하는 우리 엄마 아이바오랍니다.

용인시 에버랜드동 판다월드에서 단란하게 살고 있는 우리 가족을 소개할게요!
엄마, 아빠와 제가 서로를 똑 닮아 헷갈릴 수 있으니까 정신 똑띠 차리고 들어보세요!

아빠 러바오

기쁨을 주는 보물이란 뜻의 러바오, 우리 아빠예요. 세상에서 제일 멋진 판다죠. 내가 귀여운 코를 갖게 된 건 모두 아빠 덕분이래요. 아빠는 혼자 지내는 걸 좋아해요. 가끔 외로워 보이지만, 고독을 즐기는 낭만 판다라 그렇다고 하네요. 아빠는 세상에서 엄마를 제일 사랑한대요. 너무 사랑해서 보고 싶은 걸 꾹꾹 참다가 일 년 중 햇살이 가장 포근한 날에 엄마를 찾아간대요. 사실 나는 아빠를 만난 적이 없어요. 세 살이 되어서야 옆집에 살고 있다는 걸 알았죠. 세상에서 제일 예쁜 엄마와 세상에서 제일 귀여운 딸이 행복할 수 있게 항상 지켜주고 있던 거예요. 아빠는 내가 커서 엄마 같은 판다가 되길 바란대요. 우리 아빠 완전 멋지죠? 아빠가 제일 싫어하는 건, 곡물로 만든 영양 식빵 워토우를 먹다가 이빨에 끼는 거예요. 그게 이빨을 누렇게 만들어서 신경이 쓰인대요. 그래서 워토우를 먹은 후에는 이빨 사이사이를 정리하는 데 한참 시간을 보내죠. 작은할부지 송바오한테 아빠의 전용 칫솔을 부탁해야겠어요. 참, 우리 아빠는 조각 같은 얼굴과 균형 잡힌 몸매를 가졌답니다. 발에는 야성미 넘치는 멋진 털이 자라나 있고요. 그래도 헷갈린다면 등에 검은 무늬가 'V'자 형태인지 살펴보세요!

작은할아버지 송바오

나의 특별한 작은할부지 송바오를 소개할게요. 내가 태어나기 한참 전에 작은할아버지는 직접 송바오라는 별명을 지었대요! 엄마, 아빠가 한국에 오기 전에 모두가 함께 살 판다월드를 꾸며주었고요. 작은할부지는 나에 대한 사랑을 자주, 온몸으로 표현해요. 그의 손길과 말투, 표정, 눈빛에서 애정이 느껴지죠. 처음 나를 품에 안을 때 쿵쾅쿵쾅 뛰던 그의 심장박동을 나는 아직도 기억한답니다! 가끔 나에게 뽀뽀해줄 때 나는

말하고 싶어요. 나도 그런 기분을 느낀다고요! 작은할부지는 내가 태어나면서 많은 게 달라졌대요. 해야 할 일도 늘어나고 바빠졌지만 나를 통해 꼭 하고 싶은 게 생겼대요. 나와 우리 가족의 이야기를 세상 사람들에게 글과 사진으로 잘 전하는 일이요. 송바오가 들려줄 기쁨과 사랑, 행복이 가득한 보물 같은 이야기가 기대돼요. 잘 지켜봐야겠어요!

귀염둥이 푸바오

내 이름은 푸바오예요. 행복을 주는 보물이지요. 우리 가족의 중심엔 항상 내가 있어요. 바오패밀리를 하나로 이어주는 역할을 하고 있거든요. 내가 바로 대세라는 뜻이죠! 후훗! 나는 2020년 7월 20일 밤 9시 49분에 건강한 공주님으로 태어났어요. 121일 동안 엄마 배 속에서 사랑을 먹으며 뚠빵한 행복덩어리로 만들어졌죠. 믿기 어렵겠지만 지금도 계속해서 뚠빵해지고 있는 중이고요. 아, 맞다! 세상에서 가장 빨리 눈을 뜬 판다가 바로 나래요. 덕분에 아주 특별한 판다가 되었답니다. 나는 잘 먹고 잘 자는 걸 좋아하고요. 아찔하게 높은 나무를 타는 모험을 즐기고, 몸을 말아 구르는 재주가 있어요. 그런 나를 보며 사람들은 행복하다고 해요. 그런 사람들을 보며 나 또한 행복을 느껴요. 나는 자라서 우리 엄마처럼 예쁜 판다가 될 거고요. 우리 아빠 같은 판다를 만나서 매일 즐겁게 지낼 거예요. 지켜봐주세요!

차 례

 **지금은 행복을
충전하는 중이에요**

1장

오늘도 뚠실뚠실
나는 푸바오예요!

행복을 주는 보물, 푸바오

나는 정말 예뻐요

여러분, 하나만 물어볼게요. 나 예뻐요, 안 예뻐요? 이쪽에 계신 분, 예쁘다고 해줘서 고마워요. 저쪽에 계신 분, 귀엽다고 해줘서 감사해요. 아, 이거요? 이건 저와 이름이 같은 장미예요. 일명 '푸바오 장미'죠! 제가 사는 곳에 큰 정원을 가꾸는 장미 박사님이 계신데요. 제가 태어난 기념으로 '에버로즈'라는 장미에 저의 이름을 헌정했대요. 후각에 예민한 저를 위해서 향이 강하지 않은 장미로 개발했다네요! 정말 고마운 분이에요! 언제 몸에 좋은 대나무 한 다발 보내드려야겠어요. 이야기를 듣고 보니 더욱 예뻐 보이지 않나요? 참, 오해하지 마세요! '푸바오 장미' 때문에 내가 예뻐 보이는 게 아니에요. 예쁜 내가 '푸바오 장미'를 특별하게 만드는 거라고요. 있잖아요, 나는요. 행복을 주는 보물, 푸바오예요. 나는 계속 예뻐질 거랍니다. 지금보다 더요!

엄마의 품

나는 다 기억하고 있어요

아기 때 사진 볼래요? 197그램의 분홍 꼬물이죠. 털도 없었고 눈을 뜨지 못해 혼자서는 아무 것도 할 수 없었대요. 그래서 세상에서 제일 포근하고 안전한 엄마 아이바오 품에서 따뜻한 보살핌을 받아야 했죠. 덕분에 하루하루 무럭무럭 건강하게 자라났어요. 사랑스런 우리 엄마는 그런 나를 오랫동안 보살피느라 한자리에서 오랫동안 머물며 생활해야 했대요. 그러는 동안 엄마의 등에 상처가 나기도 했어요. 많이 아팠을 텐데 엄마는 내가 스스로 걸을 수 있을 때까지 나를 보살폈어요. 엄마의 따뜻한 품이야말로 내가 시작된 곳이죠. 지금은 떨어져 있지만, 엄마를 생각하면 그 사랑이 느껴져 마음이 따뜻하고 편안해져요. 이렇게 뭐든 혼자서 척척 해낼 수 있는 행복한 판다로 키워준 엄마에게 감사해요.

신체검사의 날

나도 숙녀랍니다

내가 얼마나 건강하게 자라고 있는지 꼼꼼하게 확인하는 날이에요. 오늘은 작은할부지 송바오가 도와줄 건가 봐요. 몸무게, 키, 복부 둘레, 목 둘레, 머리 둘레, 앞발과 뒷발의 길이 등등 신체 사이즈를 측정한 뒤 다른 아기 판다들의 기록과 비교한대요. 내가 아무리 꼬마여도 그렇지. 숙녀의 비밀스런 신체 기록을 여기저기 공개하는 것은 조금 부끄럽다고요. 칫. 그럼 몸무게만이라도 비밀로 해주면 안 되나요? 네?

떨어지겠어요. 좀 더 뚠빵한 바구니로 바꿔주세요!

발견했어요? 아직은 하찮지만 쌀알처럼 작고 소중한 나의 아랫니를?

잠꾸러기 푸바오

먹고 자는 일이 제일 좋아요

잘 먹고 잘 자는 건 아주 중요해요.

먹는 것만큼 자는 것도 중요하고, 자는 것만큼 먹는 것도 중요하죠.

잘 먹어야 잘 잘 수 있고, 잘 자야 잘 먹을 수 있기 때문이에요.

난 하루의 절반 정도는 먹는 데 시간을 보내고, 나머지 절반은 자는 데 시간을 보내요.

아무튼 나에게 먹고 자는 일은 제일 중요해요.

그래서 나는 이 버릇을 여든까지 가져갈 거예요.

모전자전

나는 자면서도 엄마와 연결이 되어 있어요. 우리가 함께 자는 모습을 보면 알 수가 있지요. 그런 모습을 보면서 작은할부지 송바오는 말해요. 엄마는 'PANDA'고, 나는 아직 'panda'래요. 네? 둘 다 판단데 나는 아직 '판다'라니요? 무슨 말인지 모르겠어요.

엄마는 내가 깊이 잠든 걸 확인하면 그때야 슬며시 일어나 조용히 식사해요. 엄마는 밥을 먹으면서도 내가 엄청 신경이 쓰이나 봐요. 내가 잠꼬대하거나 뒤척이기라도 하면 먹던 걸 멈추고 내가 괜찮은지 한참을 바라보다가 다시 식사를 이어가죠. 나는 그런 엄마가 편안하게 밥을 먹을 수 있도록 조용히 잠든 척을 해요. 하지만 재채기는 참을 수가 없어서 밥 먹는 엄마를 깜짝 놀라게 한 적도 있어요. 헤헷. 어때요? 그래도 나 기특하죠?

앗! 엄마가 밥을 다 먹었나 봐요. 저에게 돌아오네요. 잠시만요. 이번에는 엄마와 오른쪽으로 돌아눕기로 한 시간이에요. 영차~!

이빨 요정

난 지금 이빨 요정에게 편지를 쓰고 있어요. 헌 이 줄 테니까 새 이 달라고요. 헤헷! 유치가 자랄 때는 입안이 아주 간지러워요. 이럴 때 적당한 크기의 나무를 물어뜯으면 아주 시원하죠. 오늘은 이 녀석이 당첨이에요. 앙냐, 앙냐! 엄마는 지금 대나무 식사 중이에요. 얼른 유치가 다 빠지고 튼튼한 새 이빨이 자라나면 엄마 옆에 나란히 앉아서 맛있는 대나무를 먹는 모습을 보여줄게요. 그땐 누가 더 예쁘게 먹는지, 누가 더 맛있게 먹는지, 누가 더 많이 먹는지 시합도 할 수 있겠죠? 빨리 그런 날이 왔으면 좋겠어요. 잠깐만요. 여기서 엄마의 향기가 나요. 엄마의 메시지가 담겨 있는 것 같은 느낌이 드네요. 난 아직 엄마가 남겨 놓은 냄새 편지를 읽을 줄 모르지만 여기저기 엄마의 편지가 있다는 걸 조금씩 알아가고 있어요. 세상에는 배워야 할 게 참 많은 것 같아요.

야생 판다의 첫 걸음

나무를 올라보자

나무타기 연습에 한창인 나예요. 엄마가 그러는데 판다는 나무를 잘 타야 한대요. 연습하고 또 연습해야 한대요. 지금은 잘 못하고 자꾸 '쿵!' 하고 떨어지는 게 당연한 거라고요. 위험한 순간이 오면 높은 나무 위가 가장 안전한 곳이래요. 난 포기하지 않을 거예요. 용기를 가지고 나무 위에 올라 잠시 몸을 맡기면 위험한 순간은 곧 지나가겠죠? 그리고 나는 다시 땅으로 내려가 행복한 시간을 보내면 돼요. 네? 그런 건 걱정하지 마요. 난 생각보다 가볍지 않지만 나뭇가지는 생각보다 튼튼하니까요. 나무가 부러질 일은 없어요. 이걸 해내야 다음에 더 높은 곳에 오를 수가 있다고요. 위험한 순간은 언제든 나타날 수 있답니다. 매순간 긴장을 늦추지 않는 나는 야생동물 푸바오예요!

대나무 우산과 츄파죽스

송바오의 선물이 얼마나 달콤하냐면요

송바오는 손재주가 참 좋아요. 내가 심심해할 때마다 선물을 만들어줘요. 내가 좋아하는 재료들로 말이죠. 비가 오던 어느 날은 우산 쓴 푸바오가 보고 싶다면서 대나무와 당근으로 만든 우산을 내 손에 쥐여줬어요.

사랑하는 사람에게 사탕을 주며 고백한다는 어떤 날에는 대나무와 당근으로 만든 막대 사탕을 줬고요. 막대 사탕이 맛있었냐고요? 참나, 얼마나 달콤했다고요! 사탕의 달콤한 향기에 취한 배추흰나비가 날아와서 앉을 정도였다니까요? 우리 둘 다 깜짝 놀랐다니까요? 진짜예요~!

찰칵찰칵

나는 궁금해요

응? 송바오가 또 왔어요. 요즘 그는 네모나고 손바닥 크기만 한 이상한 물건을 가지고 와서 자꾸 나에게 들이대요. 여기를 보라는 듯 나의 시선을 집중시키죠. 대체 뭔지는 모르겠지만, 가끔 네모난 물건을 향해 눈을 맞추거나 입을 크게 벌리면 '찰칵찰칵' 소리가 나고, 송바오가 네모난 물건의 반대편을 보면서 매우 행복해해요. 그의 눈빛과 표정에서 그가 나를 정말 예뻐한다는 걸 느낄 수가 있어서 나도 기뻐요. 내가 그에게 좋은 선물을 한 기분도 들고요. 내일은 좀 더 다양한 표정과 몸짓으로 그를 즐겁게 해줘야겠어요. 이런 날들이 많아지고 있어 나는 참 행복해요. 그리고 나는 네모난 물건의 반대편이 항상 궁금하고요.

셀카모드

여전히 궁금해요

네모난 물건을 궁금해하는 나를 위해 송바오가 나섰어요! 그 물건의 반대편을 볼 수 있게 해준 거죠. 난 깜짝 놀랐어요. 반대편 화면엔 검은색과 흰색의 털을 가진 작고 동글동글하면서 조금은 꼬질꼬질한 모습에 놀란 눈으로 나를 바라보는 귀여운 녀석이 있었거든요! 정말 신기했어요. 그 조그만 물건 속에는 그 작은 녀석뿐만 아니라 그 녀석이 살고 있는 마을도 있었어요. 어떻게 저 작은 물건에 그 큰 세상이 들어가 있는 걸까요? 나는 너무나 궁금해서 계속 화면을 들여다보았죠. 물건 안의 녀석도 나와 같은 마음이었는지 계속 놀란 눈으로 나를 바라보기만 했어요.

이제 나는 알아요. 그 녀석이 나고, 그 녀석 뒤로 보이는 세상이 내가 살고 있는 곳이라는 걸요. 그 네모난 물건에 송바오와 내가 함께 있는 모습을 보게 되었거든요. 당황한 나를 진정시키며 그가 친절하게 알려줬어요. 그 작은 곰이 바로 뚠뚠한 푸바오라고요. 헤헷. 이제 나는 그와 함께 네모난 물건 속으로 떠나는 모험을 즐긴답니다!

사과 생각뿐

역시 사과는 맛있어요

나는 오늘 집에 들어가지 않을 거예요. 오늘 일과를 마치면 뭘 하고 놀지 이미 다 계획을 세워 놓았거든요. 자, 들어보세요. 우선 야외로 나가서 사과를 먹으며 가볍게 산책을 한 후에 대나무를 먹을 거예요. 사과를 먹으며 시원한 물놀이를 하고, 느티나무 꼭대기로 올라가서 노을이 지는 걸…… 왠지 사과를 먹으며 감상해야겠어요! 마을에 사는 까바오, 짹바오, 구구바오 친구들과 함께하기로…… 사과를 먹으며 약속했던 거 같아요. 가만있자, 그런데 여긴 어디죠? 이쪽은 집으로 가는 길인데…… 왠지 집에서 달고 맛있는 사과가 나를 기다리고 있을 것 같아요. 아무래도 친구들과의 약속은 취소해야 할 거 같아요. 친구들에게 사과해야…… 겠죠? 오늘은 어째서인지 온통 사과, 사과, 사과 생각뿐이에요. 역시 사과는 맛있어요.

2층 침대 1

나는 여기가 좋아요

나는 여기가 좋아요. 엄마와 내가 함께 쓰는 2층 침대예요. 난 2층에서, 엄마는 1층에서 자는 걸 좋아해요. 높은 2층에서 자면 모험 가득한 꿈을 꿀 수 있어서 좋아요. 사실 2층으로 올라가는 것부터가 키 작은 내겐 모험이죠. 후훗. 나는 몸집도 자그마해서 엄마와 함께 2층을 써도 괜찮은데 엄마는 1층이 편하고 좋대요. 하지만 난 알아요. 내가 2층에서 잠들면 엄마는 조용히 올라와서 잠든 나를 확인하고 가끔 내 옆에 누워서 함께 자다가 몰래 내려간다는 걸요. 그래서 나는 엄마와 함께하는 여기가 참 좋아요.

엄마가 된 딸

조건이 어디 있겠어요. 모든 걸 내어주는 게 엄마의 사랑인걸요. 잘 자라주는 푸바오를 보면 그걸로 만족해요. 초보 엄마라 육아에 서툴렀는데요. 녀석에게 모질게 대했던 순간들이 떠오를 땐 미안하기만 하죠. 푸바오와 같은 공간에서 함께 숨을 쉬고 건강하게 성장하는 모습을 지켜보는 일은 그 자체로 제게 너무나 큰 행운이자 행복이었어요. 우리 푸바오에게 좋은 엄마로 기억되길 바랄 뿐이에요.

참 신기하죠. 녀석의 눈동자는 마치 타임머신 버튼 같아요. 녀석과 눈을 맞추고 서로를 바라볼 때, 오롯이 나만을 믿는 순수한 눈동자를 볼 때 녀석에게서 문득문득 어릴 적 나의 모습을 마주하게 되거든요. 녀석을 바라보는 나처럼, 녀석을 만져주는 나처럼, 나를 한없이 사랑 가득한 눈길로 바라보고 한없이 애정 가득한 손길을 건네며 모든 걸 내어주던 우리 엄마도 떠올라요. 자라나는 나를 보며 엄마도 나와 같은 생각을 하고 나와 같은 감정을 느꼈겠지요. 우리 엄마가 이런 마음으로 나를 키웠겠구나 싶어요. 어느새 나도 늦은 그리움을 품고 사는 딸이자, 푸바오의 엄마가 되었네요.

그래요, 조건이 어디 있겠어요. 엄마와 딸 사이에 말이죠. 오늘은 기억 속 나의 엄마에게 묻고 싶은 게 참 많아요. 칭찬도 아주 많이 받고 싶고요. 엄마, 나 잘 해내고 있죠?

훗날에 이 모든 걸 잘 해낼 푸바오에게도 미리 말해줘야겠어요.

엄마가 많이 사랑하고 응원한다고.

떡잎부터 스타!

유튜브를 통해 판다월드의 바오패밀리를 만나고 있다고요? 우리의 일상 덕분에 여러분들의 하루가 행복으로 넘쳐난다고요? 진짜 보람되네요! 제가 태어나 하루하루 빠르게 성장하는 모습을 지켜봐주셨다니. 진짜 고마워요! 네? 아, 프로그램 이름은 들어봤는데, 거기에 출연해달라고요? 잠시만요. 제 매니저 송바오와 상의해봐야 하거든요. 송바오는 제 전담 사진가이자 매니저예요! 제가 하루하루 더 행복하게 지낼 수 있게 해주죠! 송바오가 그러는데, 제가 떡잎부터 스타기질이 있었대요! 카메라 렌즈를 얼마나 잘 찾고 쳐다보는지 신기할 정도라고요.

어때요, 우리? 환상의 커플이죠?
푸바오와 송바오, '판다와 쏭'은 영원히 함께할 거예요!

행복 총량의 법칙

조금씩 아껴서 사용하세요

미안해요. 오늘은 요만큼만 보여줄게요.

나의 눈부신 미모를 한 번에 다 보게 된다면

아마도 당신은 눈이 멀어버리게 될 거예요.

죽부인 사용법

행복은 머위잎으로도 가릴 수 없어요

송바오가 더위에 힘들어하는 나를 위해 죽부인을 만들어줬어요. 이걸 끌어안고 자면 뚫린 구멍 사이로 바람이 솔솔 들어와서 참 시원해요. 익숙한 대나무 향이 더해져서 편안하고 상쾌하죠. 원래 통나무를 끌어안고 자면 땀이 차서 자세를 여러 번 바꿔줘야 하는데요. 죽부인을 끌어안고 자면 그러지 않아도 돼서 좋아요. 덕분에 세상에는 신통방통한 물건이 참 많다는 걸 배워요.

눈이 부셔서 수면 안대가 필요한 그 순간, 송바오가 머위잎으로 눈과 이마를 덮어줬어요. 그는 어쩜 이렇게 내게 필요한 걸 딱 알아채고 척척 갖다주는 걸까요? 이번엔 옆에서 시원하게 부채질해달라고 할까요? 히힛. 그건 안 되겠죠? 한 소리 듣겠죠? 혼나겠죠? 참을게요. 판다도 앉으면 눕고 싶고 누우면 자고 싶답니다. 헤헷.

행복은 머위잎으로도 가릴 수가 없네요!

뚠뚠이 키 재기

오해하지 마세요!

나는 친구들보다 몸무게가 많이 나가는 편이라 뚱뚱하다는 오해를 받아요. (다시 말하지만 오해랍니다!) 그래서 내가 얼마나 자랐는지 키를 잰 후 또래 친구들과 비교해보기로 했어요. 만약 친구들보다 키가 작다면…… 그래요, 인정할게요. 하지만 제 키가 큰 편이라면 '뚠뚠'한 거라고 해주세요. (뚱뚱 아니에요!) 알았죠? 긴장되는 순간이에요. 송바오, 잘 잡아줘요! 나에게 중요한 거라고요. 쉿! 까치발을 딛은 건 비밀이에요. 헤헷. 거봐요. 키 크죠? 푸바오는 '뚠뚠'한 거라고요!

청소왕 푸바오

내가 도와줄게요!

앗, 잠깐만요. 저쪽에서 송바오가 뭔가 신나는 일을 꾸미고 있는 거 같아요. 푸바오가 출동해서 확인해봐야겠어요! 이봐요, 잠깐 멈춰요. 거기서 뭐 하는 거예요? 혼자서 무슨 재미난 놀이를 하는 거죠? 그러지 말고 나랑 같이 해요, 네? 왜 낙엽을 바구니에 담는 거예요? 낙엽이 바스락거리는 소리가 내 심장을 뛰게 한다고요! 그 막대기 줘봐요. 내가 한번 해볼게요. 아이, 참! 줘보라니까요. 나도 잘할 수 있단 말이에요. 이렇게, 이렇게 하는 거 맞죠? 헤헤, 나 잘하죠? 나랑 손잡고 함께 낙엽 밟아볼까요? 춤을 추듯 말이에요. 부끄러워하지 말아요. 내가 잘 이끌어줄게요. 아이, 어딜 가려고 해요. 도망치지 말아요! 나랑 계속 낙엽 놀이 하자니까요! 이리 와요!

송바오 어부바

오늘도 행복 충전!

앙증맞은

널업으면

하얀구름

몽글몽글

폭신폭신

왕솜사탕

둥가둥가

몰캉몰캉

보들보들

아가냄새

앙앙앙앙

깨물깨물

뚠실뚠실

궁디팡팡

오늘도난

행복충전

Notes

행복을 주는 보물,
푸바오

'꾸엥, 꾸엥, 끄엥, 끄엥~!'

몇날 며칠을 대기하던 사육사와 수의사 들이 자리에서 벌떡 일어났어요. 아이바오가 있는 분만실로 모두의 시선이 집중되었지요. 분명히 아기 판다였습니다. 모두가 그렇게 염원하던 아기 판다가 순식간에 우리의 곁에 온 거예요. 처음 들어보는 그 울음소리는 너무도 우렁찼죠. 온몸에 전율이 느껴질 정도였습니다. 작은 몸짓은 물 밖으로 뛰쳐나온 물고기처럼 활력이 넘쳤지만 동시에 다시 물속으로 들어가야만 평온해질 물고기처럼 불안해 보였어요. 처음 만나는 세상이 낯설고 불편했겠지요. 누가 보아도 건강해 보이는 것은 참 다행이었어요.

아이바오는 엄마로서 처음 겪는 그 순간에 놀라고 당황해할 수밖에 없었습니다. 각자의 존재를 처음 확인하는 모녀가 서로를 받아들일지 알 수 없어 분만실에는 긴장감이 감돌았죠. 그 순간, 아이바오는 바닥에서 펄떡이며 자신의 존재를 알리는 아기 판다를 핥았습니다. 결심한 듯 떨리는 입을 크게 벌렸죠. 조심스레 아기를 입으로 문 뒤 구석에 자리를 잡았습니다. 그리고 새 생명을 품에 안았죠. 엄마의 품으로 되돌아간 아기 판다는 그제야 평온을 되찾았어요. 서로를 처음 마주하고 다시 하나가 된 모녀를 보고서야 걱정하던 사육사들도 안도할 수 있었습니다. 그렇게 국내 최초 아기 판다는 우렁차고 활력 넘치는 울음소리를 내며 자신의 탄생을 온 세상에 알렸습니다.

힘든 과정을 이겨낸 엄마와 아기의 경이로운 모습은 오랜 시간 이 장면을 기다려온 제 가슴을 뜨겁고 뭉클하게 만들었습니다. 눈물 나게 고맙고 행복했어요. 내가 돌보는 야생동물의 분만 장면을 가까이에서 볼 수 있다는 것은 사육사에게 가히 최고의 행복입니다. 하지만 우리의 삶이 그렇듯 그들의 삶도 행복으로만 가득 차 있지는 않아요. 당연히 슬픔도 있지요. 아니, 모른 척 지나칠 수 없는, 언젠가 다가올 슬픔을 기다리며 항상 긴장한 채로 살아갑니다. 그걸 잘 아는 사육사들은 동물들 곁에서 단단한 마음을 가지려 애쓰죠.

푸바오를 만나기 전에 겪은 가슴 아픈 이별이 기억납니다. 오랜 기다림 끝에 유인원 아기가 세상에 태어났지만, 건강이 좋지 않았어요. 상태가 악화되는 아기를 두고 볼 수만은 없어서 엄마 대신 보살펴주기로 했습니다. 엄마의 품을 떠난 아기는 곧 자신에게 분유를 먹여주는 사육사에게 마음을 열고 의지하기 시작했어요. 제 품에서 잠들었다가도 몇 시간에 한 번씩 깨서는 분유를 달라고 보챘죠. 그런 아기를 보면서 제가 정말 엄마가 된 것 같은 기분을 느끼기도 했습니다. 어린 유인원 아기의 눈에 비치는 사육사는 그의 온 우주이자 엄마 그 자체였을 거예요. 아기와 눈을 맞추며 전 약속했어요. 걱정하지 말라고, 내가 지켜주겠다고요. 하지만 아기와 정이 드는 속도만큼 아기의 건강은 빠르게 나빠졌습니다. 결국 저는 깜깜한 방에서 생의 마지막 순간을 지나는 아기를 부둥켜안고 펑펑 울어버렸어요. 지켜주지 못해 미안하다고, 나의 잘못이라고 되뇌면서요. 그렇게 아기는 제 품에서 천천히 숨을 거두었습니다. 그리고 그 실의는 오랫동안 사육사를 괴롭힙니다.

많은 이들이 푸바오를 만나고 행복해졌다고 말합니다. 가장 슬프고 힘든 순간에 푸바오를 만나 어려운 순간을 이겨내고 상처를 치유 받을 수 있었다고요. 쓰러지지 않고 다시 살아갈 힘을 얻을 수 있었다고요. 공감해요. 저 또한 그랬으니까요. 유인원 아기와의 이별 후 길을 잃고 헤매던 제게 푸바오는 다시금 야생동물들과 하루하루 최선을 다할 수 있는 용기를, 행복해질 수 있다는 희망을 선물해줬거든요.

사육사와 야생동물은 그렇게 연결됩니다. 그리고 서로를 다독이며 공존하죠. 그래요, 삶이 행복하기만 할 수는 없습니다. 어쩌면 슬픔은 행복을 향해 살다 보면 만날 수밖에 없는 건지도 모르겠어요. 그래도 슬픔 속에서 행복을 찾아 더욱 크게 가꾸고, 다가오는 슬픔은 또 다른 행복으로 다스리면서 앞으로 나아가야겠죠. 좌절하지 않고 계속 앞으로 나아가야 한다는 걸, 상처와 슬픔은 행복으로 치유된다는 걸 알려준 푸바오에게 참 고마워요. 슬픔을 치유해주는 행복을 만났다는 건 참으로 기적 같은 일이라고 생각해요. 힘들고 지칠 때 푸바오와 우리가 만난 건 기적이에요.

2장

지금은 행복을
충전하는 중이에요

숨바꼭질

키득키득. 송바오와 숨바꼭질 중이에요. 아마 나를 절대 찾을 수 없을 거예요! 잠깐, 내가 여기 숨어 있다는 건 비밀이에요! 나만의 계획이 있거든요. "못 찾겠다, 꾀꼬리. 깨금발로 나와라" 하는 송바오의 목소리가 들리면 그때 나가서 깜짝 놀라게 할 거예요. 내가 한 발을 들고 뛰어나갈 수 있을지는 모르겠어요. 구르는 건 진짜 잘하는데 말이죠! 키득키득. 놀랄 표정의 그를 생각하니 벌써 통쾌해요. 만약 술래가 너무 어려워하는 것 같으면 적당한 시점에 고개를 내밀어 슬쩍 알려주려고요. 왜냐고요? 음…… 집에는 가야 하니까요. 계속 이렇게 있을 순 없잖아요. 키득키득.

아기 판다와 풍선

환상의 나라로 초대할게요

나는 송바오가 만들어준 해먹에 누워 낮잠을 자요. 그러면 나를 닮은 대형 풍선처럼 두둥실 떠다니며 여행하는 꿈을 꾸죠. 먼 하늘에서 가만히 세상을 내려다보면 가까이서는 볼 수 없는 꿈과 희망을 찾을 수 있어요. 그런 나를 바라보는 사람들의 시선에서는 사랑과 기쁨과 행복이 충만해서 기분이 좋아요.

음…… 이쪽에는 꿈이 보이고,

이쪽에는 희망이 보이네요.

여기를 환상의 나라라고 부르면 어떨까요?

아, 물론 잠에서 깨서 대나무 먹을 때에도 행복해요.

꿈과 희망이 내 손에 있는 기분이랄까요?

행복 충전하기

잠시만 기다려주세요. 나는 지금 행복을 충전하는 중이에요. 조금 시간이 걸리겠지만 최대한 빨리 해볼게요. 그러려면 눈을 꼬옥 감아줘야 해요. 심리적으로 안정되거든요. 눈 주위도 따뜻해지고요. 눈의 혈액순환이 잘 되면 활력 회복에 도움이 되죠. 그리고 잠에 푹 드는 거죠. 자는 동안에는 방전된 나의 행복 에너지를 빨리 충전할 수 있어요. 그거 아세요? 잠을 깊이 자면 호르몬이 잘 분비돼서 키도 쑥쑥 큰대요. 요즘 자꾸 옆으로만 커져서 걱정이지만요. 다시 100퍼센트 충전해서 보물 같은 행복을 세상에 나누어줄 생각을 하니 기분 좋게 잠들 수 있겠어요. 한 시간 반 정도면 충전 완료될 거 같으니까 조금만 기다려주세요. 다시 일어나서 마음껏 보물을 나누어드릴게요. 자자, 차례차례 줄을 서서 기다려주세요!

나무 오르기

내가 한 살 때 즐겨 찾던 나무예요. 앞발로 적당히 감싸 쥘 수 있는 굵기, 말랑말랑한 내 몸을 편안히 기댈 수 있는 비스듬한 각도, 토실토실한 내 엉덩이를 받쳐주는 'Y' 자 모양의 가지 형태까지! 딱 안성맞춤이거든요. 나에게는 최고의 휴식 장소였지요.

난 이따금 추억이 깃든 이곳에 찾아와 예전의 나와 앞으로의 나를 만나보곤 해요.

푸바오가 푸바오를 만나는 곳이라 할 수 있지요.

나는 지금 나무가 아닌 추억을 오르고 있어요.

나는 그 추억의 크기만큼 훌쩍 자란 것 같아요!

나무에서 내려가는 법

이게 최선이라고요!

웃지 마세요. 나는 심각해요. 이게 최선이에요. 어느 날 나무 위에서 자고 일어나 보니 미끄럼틀이 움직였더라고요. 얼마나 당황스럽던지. 평소처럼 내려가려는데 발이 닿지 않았어요. 뛰어내리고 싶었지만, 사실 제가 점프를 못하거든요. 창피해도 그냥 '쿵!' 바닥으로 떨어질까 생각도 해봤어요. 근데 보는 눈이 많잖아요. 자존심 상할 거 같았어요. 그래서 고민에 고민을 더해 생각해낸 방법이 이거예요. 이 자세가 최선이에요. 이제 다른 방법은 생각도 안 해요. 이 근처에 오면 머리보다 몸이 먼저 움직여요. 아무튼 매일 성공해요. 하루에 세 번. 나름대로 운동도 되는 거 같아요. 긍정적이죠? 여러분도 운동하는 습관을 들이세요. 습관이 중요해요. 가끔 팔이 빠질 거 같고, 복근이 끊어질 듯 쑤시기도 하지만 잠깐이에요. 참을 수 있어요. 웃지 마세요. 이게 정말로 최선이에요.

Shall we dance?

내가 하늘을 날고 있어요!

여러분! 이것 보세요! 내가 하늘을 날고 있어요!

참 신기해요. 송바오가 나의 두 손을 잡아주면 마법이 펼쳐져요.

그는 하늘을 나는 게 익숙하지 않은 나를 위해

친절한 신사처럼 나의 두 손을 잡아주지요.

이 순간, 공활한 하늘을 무대로 마치 둘만의 왈츠를 추는 거 같아요.

나는 그가 리드하는 대로 따라가기만 하면 돼요.

송바오가 뚠뚠한 내 몸을 가벼운 깃털처럼 만들어줄 테니까요.

하늘에서 내려다보는 모습은 새로움 가득이죠.
이 신선하고 설레는 풍경을 두 눈 가득 담아내려면
가지고 있는 동공 렌즈의 조리개를 최대한 개방해야 해요.

평소보다 신선한 가을의 공기가 한가득
콧구멍 안으로 달려들어와 숨이 차요.

허우적 허우적

허우적 허우적

나는 오늘도 그와의 허우적 시간을 기다려요.

가을에게

넌, 가을해
난, 행복해

넌, 오늘의 드높은 가을해
난, 매일을 드넓게 사랑해

넌, 코 끝을 노크하는 촉촉하고 시원한 가을해
난, 문 열면 가슴 가득 안기는 그런 널 보며 기뻐해

넌, 그렇게 가을해
난, 이렇게 행복해

어트랙션 탑승법

어서 와. 에버랜드는 처음이지?

어서 와, 동생. 꿈과 모험이 가득한 환상의 나라는 처음이지? 냠냠. 쩝쩝. 지금 타고 있는 놀이기구도 처음이고? 이건 T익스프레스라고 하는 어트랙션이야. 무서워하지 말고 나만 믿어. 엄마, 아빠가 여기 직원이라 나는 거의 매일 오거든. 그리고 이건 비밀인데, 사실 난 제일 먼저 탑승하는 우선탑승권이 있어! 키득키득. 그래도 걱정되면 내 두툼한 허리라인 있지? 괜찮으니까 거기를 꽉 잡아! 알았지? 냠냠. 쩝쩝. 내가 먹고 있는 게 뭐냐고? '워터우'라는 빵이랑 당근인데, 여기 게 유명해. 추로스도 유명하지만 난 이게 더 좋더라고. 여기 올 때마다 이것만 먹어. 이따가 내리면 네 것도 사줄게. 냠냠. 쩝쩝.

그런데 너는 도대체 어디서 놀고 왔길래 온몸이 그렇게 꼬질꼬질하니? 잘 씻고 다녀야겠다, 얘. 자고로 판다는 까만 털과 대비되는 새하얀 털이 생명인데 그렇게 꼬질꼬질하면 사람들이 흉본다, 너. 집 나온 앤 줄 안다고. 쯧쯧. (덜컹덜컹 덜컹덜컹) 오! 이제 출발한다! 잘 잡고 있지? 이따가 꼭대기에서 슝~! 하고 내려갈 때 소리 지르면서 양손 머리 위로 올리는 거 잊지 말고! 아주 짜릿할 거야! 눈 감으면 겁쟁이, 알지? 자, 간다~ 출발!

겨울 목욕 1

신비함으로 가득 찬 판다월드에 첫눈이 내린다는 소식을 들었어요. 이참에 첫눈을 모아 푸바오를 목욕시키기로 결심했죠. 세상에서 제일 예쁜 판다라는 별명을 가진 저인데, 제 딸이 꼬질꼬질한 외모 때문에 흑곰이라는 누명을 쓴 것을 참을 수가 있어야지요! 물론 제 눈에는 세상에서 제일 귀엽지만 말이에요. 전 씻기 싫어하는 푸바오를 눈밭에 눕히고 열심히 모은 새하얀 첫눈으로 누룽지 빛깔의 털을 닦기 시작했어요. 그러자 새하얗던 눈이 누룽지 빛깔이 되고, 누룽지 빛깔의 푸바오는 새하얗게 변했어요. 그렇게 씻기 싫어하던 푸바오는 깨끗해진 자신의 털을 보고 깜짝 놀랐죠.

"엄마, 나 흑곰이 아니었어요!"

그러더니 이번에는 제 등을 밀어주겠다는 게 아니겠어요? 제 등 뒤로 가서 작은 두 손으로 새하얀 눈을 모아 저의 등을 열심히 밀기 시작했죠. 저의 등에 느껴지는 차가운 눈의 감촉도, 제 가슴에 느껴지는 푸바오의 따뜻한 마음도 좋았어요. 기특한 푸바오에게 저는 말했죠.

"푸바오, 우리 딸이 최고야!"

눈처럼 하얗고 깨끗해진 우리 모녀는 오래오래 이날을 기억하고, 첫눈이 오는 날에는 행복한 겨울 목욕을 하기로 약속했답니다!

겨울 목욕 2

아침 일찍부터 첫눈이 온다는 소식을 들었어요. 바깥세상은 이미 새하얀 눈으로 뒤덮여 있겠죠? 눈밭을 뒹굴며 신나는 겨울 목욕을 할 생각에 흥분되네요. 아이바오와 푸바오도 이 소식을 알고 목욕을 준비하고 있겠죠? 하하! 저도 우리 딸이 세상에서 제일 귀엽지만 흑곰이라는 누명을 쓰는 건 싫다고요. 아이바오가 잘 가르쳐주길 바라요. 이따 설원에서 멋진 아빠의 모습을 보여줘야겠어요. 그럼 아빠의 새하얀 털의 비결이 뭔지도 깨달을 거예요. 이제 드디어 바깥으로 나갈 시간이군요. 문이 열리네요. 와! 하루아침에 세상이 변했어요! 올해는 첫눈이 더 많이 내린 것 같군요. 내 넓은 가슴까지 쌓였어요. 괜찮아요. 나의 풍성한 털이 눈밭에 빠지는 걸 막아줄 거예요. 자, 이제 새하얀 첫눈 위에 모델처럼 멋진 걸음으로 발자국을 남길게요. 점점 속력을 내면서 달리고! 비비고! 구르고! 오르고! 내리고! 하하! 어때요, 제 새하얀 털이요? 모든 시선이 나에게 집중됐군요. 후, 후. 숨이 거칠어지네요. 코와 입에서 새하얀 김이 모락모락 피어나요. 세상에서 제일 멋진 모습이죠. 잠깐만요, 맞은편의 아이바오 보여요? 훨씬 새하얗고 사랑스럽네요. 엇! 갑자기 심장이 콩닥콩닥! 얼굴이 부끄부끄해집니다. 그녀는 여전히 나의 가슴을 뛰게 해요! 에잇! 달려야겠어요!

귓속말, 아니 뽀뽀

작은할부지, 속았죠?

작은할부지 송바오가 같이 놀자며 삼송폰을 들고 왔어요. 하지만 저는 그의 속셈을 다 알아요. 놀아주는 척하다가 비몽사몽인 나를 번쩍 안아 들고 집으로 데리고 가려는 거죠. 장난기 가득한 그의 눈빛을 봐요. 뭔가 꿍꿍이가 있다는 게 느껴지네요. 눈에 힘을 주고 정신 바짝 차리고 귓속말을 건넸어요.

"사진 찍기 놀이하려고 온 거 아니죠? 나 집에 데려가려고 온 거죠? 맞죠?"

속내를 들켜서 당황하는 그의 표정이 귀엽네요. 후훗. 적당히 기분 맞춰주다가 못 이기는 척 끌려가줘야겠어요. 그래도 지금은 좀 더 여기 있고 싶으니까, 필살기를 쓰려고 해요. 바로 그의 마음을 살살 녹여줄 나의 뽀뽀 세례! 어때요? 나의 입맞춤을 받은 그의 표정을 보니 오늘은 집에 가는 시간을 조금 연장할 수 있겠어요! 후훗.

2층 침대 2

오늘은 오랜만에 엄마와 2층에서 같이 자는 날이에요. 혼자 자야 하는 나이가 되었으니 같이 자는 대신 엄마가 안아주진 않겠대요. 헤헷. 그래도 신나요. 기분이가 좋아요. 엄마는 내게 말해요. 등을 돌리고, 얼른 자라고. 괜찮아요. 이렇게 엄마의 등 뒤에 바짝 붙어서 자는 것만으로도 엄마의 체취를 느낄 수가 있거든요. 밤이 무섭지 않고 마음이 편안해져요. 엄마의 등에서도 사랑이 느껴지는 게 참 신기해요. 내가 뒤에 있는 걸 까먹고 돌아눕는 엄마에게 깔릴까 봐 걱정될 땐 앞발이나 뒷발을 엄마의 등에 살짝 올리면 돼요. 그걸로도 부족할 땐 삼십 분에 한 번씩 앞발로 몇 번 쿡쿡 찔러주거나 코를 엄마의 등에 콕! 박고 자면 돼요. 엄마가 자면서도 나를 느낄 수 있도록 말이에요. 난 아직 엄마와 함께하는 여기가 좋아요.

고난 충전소

행복을 위해 느티나무에 올라요

위로받고 싶은 날에는 '느티나무 충전소'를 찾아요. 나에게 그런 건 천둥, 번개나 소나기 같은 신호로 찾아오죠. 어디선가 괴로움과 슬픔이 느껴지면 나도 위로받고 싶어져요. 누군가를 진심으로 위로하려면 내가 먼저 괴로움과 슬픔을 제대로 이해해야 한다고 생각하거든요. 섣불리 위로하려다가는 오히려 상대에게 더욱 쓰린 상처를 줄 수 있어요. 그래서 스스로 험난한 길을 택하고 먼저 내 안에 고난을 가득 충전하죠. 절대 쉽지 않아요. 충전이 되려면 조금 시간이 걸려요. 눈을 감고 천천히 호흡하면서 오롯이 상대의 아픈 상처와 감정에 집중하죠. 그리고 충전이 다 되면 나는 의연하게 땅 아래로 내려와 그 존재들을 찾아 다양한 방법으로 위로를 전해요. 물론 모든 게 진심이고요. 나와 함께하는 한 끼 식사와 산책과 눈 맞춤과 대화에 감격할 거예요. 그러면 그 존재들 또한 나의 위로를 통해 위안받으며 행복을 찾아요. 걱정하지 마세요. 나의 행복은 그러면서 자연스럽게 충전이 되니까요. 그렇게 우리는 위로와 위안과 행복 충전을 반복하며 나누는 거예요. 그게 가족이잖아요. 나의 꿈은 말이에요, 지금보다 더 큰 세상으로 나아가 훨씬 많은 사람을 위로하며 행복을 주는 보물이 되는 거예요. 많은 역경이 있을 거라는 걸 잘 알아요. 하지만 나는 준비가 되어 있고, 각오도 되어 있어요. 누군가 지금도 충분하다고 하지만 아니에요. 아직 멀었어요. 나는 '나'보다는 '당신'을, '당신'보다는 '우리'를 먼저 생각하거든요. 나 좀 멋지지 않나요? 행복한 운명이에요. 나는 그렇게 탄생한 존재예요. 그래서 나는 오늘도 내 마음속에 이리도 귀한 사랑과 기쁨이 충만함을 감사하며, 행복을 전하기 위한 고난을 충전해요. 여기는 험난한 느티나무 위의 '고난 충전소'예요.

하늘 나무 영화관

고독한 날이면 혼자 영화관을 찾습니다. 우리 집 근처에는 수많은 이야기를 보유한 나만의 특별한 영화관이 있거든요. 안경? 팝콘? 음료? 글쎄요, 준비물은 필요하지 않아요. 예매도 필요하지 않죠. 그날그날 스크린에 펼쳐지는 영화를 감상하면 돼요. 지난번에는 흥겨운 뮤지컬 영화를 보면서 나도 모르게 자리에서 일어나 엉덩이를 들썩였어요. 가끔 앞에 있는 초록초록한 나뭇잎 관객과 뭉게뭉게 한 구름 관객이 스크린을 가리기도 하고, 지지배배 구우구우 재잘재잘 새 조연들이 출연하기도 하지만요. 그 또한 운치 있는 연출처럼 느껴져요. 어떤 날은 바람이라는 기상캐스터의 내레이션과 함께 지구의 온난화에 대해 알려주는 다큐멘터리를 보며 심각하게 고민했죠. 또 어떤 날은 주룩주룩 비가 내리듯 가슴 시린 사랑 이야기를 보다가 슬퍼하며 잠들기도 했어요. 때로는 번개와 천둥이 우르르 쾅쾅! 심장이 내려앉을 듯 무서운 공포 영화를 보며 놀라지 않은 척 딸꾹질하다가도, 찰리 채플린 못지않은 주인공의 코믹 연기에 배꼽을 움켜잡기도 해요. 때로는 살랑살랑 감성을 적시는 낭만 가득한 청춘 영화를 보며 아이바오와의 애절한 사랑을 다시 느끼죠. 또 5월의 햇살처럼 가슴이 따뜻해지는 가족 영화를 보고 잊고 있던 나의 어린 시절을 떠올려요. 그렇게 한참을 몰입해서 보고 있으면 어쩐지 모든 것들이 데자뷔처럼 느껴져요. 그러고는 현실로 돌아와 불현듯 깨달아요. 나만의 하늘과 나무가 계속 나에게 얘기해주고 있었다는 걸요. 이 특별한 영화관 속 내가 기억하는 인생 영화의 모든 주인공은 언제나 나였다고 말이에요. 그리고 하늘과 나무는 늘 나와 함께하죠. 지금도 영화는 계속 상영 중이고, 주인공은 여전히 저예요!

피리 먹는 아가씨

아그작 아그작

오늘은 큰 무대에 서는 날이에요. 그동안 갈고닦은 실력을 마음껏 발휘해야 해요. 많은 시선에 조금은 긴장되고 떨리지만, 최선을 다해볼게요. 오늘을 위해 송바오가 피리를 만들어줬어요. 예쁘죠? 남다른 향과 맛에서 대나무 장인의 정신이 느껴져요. 자꾸만 먹고 싶어지는 피리예요. 긴장한 저를 위해 송바오가 눈을 맞추고 박자를 세어주네요.

"핫 둘 서이 너이~"

자, 이제 먹어볼게요.

아그작 아그작.

아그작 아그작.

판생 다섯 컷

하나, 둘, 셋, 당근!

엄마! 엄마! 먹는 거 잠깐 멈추고 이리 와서 푸바오랑 예쁘게 사진 찍어요, 네? 어서요! 자, 내가 알려줄게요. 우선 45도 각도로 카메라를 쳐다보고 입꼬리를 올려봐요. 그래야 둥글고 예쁘게 나온단 말이에요. 아이, 참. 엄마! 지금 밥 먹는 게 중요해요? 다시 오지 않을 우리만의 소중한 시간을 사진으로 남겨야 할 거 아니에요, 네? 그만 대나무 내려놓고 카메라 좀 봐요, 네? 어서요, 우리만의 판생 다섯 컷을 남겨보자고요!

하나, 둘, 셋!
당근!

판생
다섯 컷

잠을 깨우는 꽃 한 다발

이만큼 자란 나, 어때요?

그는 참 희한한 버릇이 있어요. 내가 잊을 만하면 뭔가 예쁜 걸 하나씩 갖다 줘요. 그 간격이 얼추 100일 정도 되는 것 같아요. 오늘은 내가 좋아하는 당근으로 예쁜 꽃을 다섯 송이나 만들었대요. 대나무 꽃다발을 내 손에 쥐여주네요. 원래도 맛 좋은 당근이 보기까지 좋으니 얼마나 군침이 도는지 모르겠어요! 자연스럽게 꽃다발을 잡고 나무에 기대앉았어요. 어때요, 이 마을의 판다 여왕 같지 않나요? 후훗. 나를 더욱 빛나게 해주는 그의 선물이에요. 고마운 마음이 오백이에요.

8월의 댓잎은 사랑이어라

누군가 8월의 댓잎 새순을 하나하나 모아서 너의 입에 넣어준다는 건,
너를 아주 많이 사랑한다는 거야.
너를 아주 많이 응원한다는 거야.
너의 엄마는 그렇게 힘을 내서 세상에서 가장 큰 행복을 찾았단다.

기억해.
먼 훗날, 암컷 판다로 살아가다가 너무 힘든 일을 겪고 지쳐서
손가락 하나조차도 움직일 힘이 없을 때 말이야.
너를 사랑하고 응원하는 가족들이 있다는 것을 꼭 기억하렴.

기쁨을 주는 보물과
사랑스러운 보물

살면서 한 번도 마주해본 적이 없는 야생동물을 기다리고 맞이하는 기분은 늘 가슴을 뛰게 합니다.

2016년 3월 3일, 한 쌍의 자이언트 판다도 그렇게 설레는 사랑과 기쁨을 가득 품고 우리의 곁으로 와주었어요. 당시 아이바오와 러바오는 3살, 4살이었습니다. 아직은 어른이 되지 않은 아이들이었죠. 새로운 환경에 건강하고 안전하게 적응하는 것이 우선이었고, 올바르게 자라서 멋진 엄마 판다와 아빠 판다가 되길 바랐습니다. 처음부터 사육사들의 목표는 아이바오와 러바오라는 한 쌍의 판다가 서로 사랑하고 2세를 탄생시켜 이곳에 행복한 가족으로 단단하게 뿌리내릴 수 있게 도와주는 것이었죠.

러바오는 판다월드의 장난꾸러기였어요. 처음 만났을 때부터 순수한 눈빛으로 사육사에게 친근하게 다가왔습니다. 활동적이고 즉흥적인 성격을 단번에 알 수 있었죠. 의젓하고 넘치는 남성미로 자기만의 색깔을 가진 낭만 판다로 자랐습니다. 러바오는 지금은 낯선 이와 좀처럼 친해지기 어려운 존재가 되었지만, 당시만 해도 오늘의 푸바오와 같이 판다월드의 즐거움을 기꺼이 담당해주었어요. 기쁨을 주는 보물이라는 자신의 이름처럼 말이죠. 덕분에 우리는 즐거움이 가득한 러바오를 바라보며 고통과 괴로움에서 멀어질 수 있게 됐죠.

아이바오는 새로운 환경과 사육사들을 많이 낯설어했습니다. 경계심이 높고 조심성이 많았지만 그래도 아이바오는 사려 깊은 눈빛으로 우리와 마주했습니다. 시간이 필요해 보였죠. 충분한 거리를 두고 머물다가 나에 대한 정보를 조금씩 알려주기로 했어요. 아이바오가 원할 때 나의 모습을, 그리고 열려 있는 나의 감정을 보여주었습니다. 나의 목소리를 들려주었으며, 나의 손바닥을 핥고 체취를 맡게 했죠. 그렇게 아이바오에게 말한 겁니다. 그녀와 오래 함께할 친구가 되고 싶다고요. 이제는 푸바오, 쌍둥이 루이바오와 후이바오의 사랑스러운 엄마가 되었죠. 암컷 판다로서 자신의 길을 지혜롭고 현명하게 나아가는 아이바오를 보면서 헌신과 희생, 자식을 향한 무한한 사랑을 배웁니다. 아기를 키우며 더욱 성숙해지는 아이바오는 그

존재 자체만으로도 우리에게 사랑스러운 보물입니다.

아이바오와 러바오의 만남과 결실은 오랜 시간과 기다림의 결과만은 아니었습니다. 한 쌍의 어린 판다는 중국을 떠나 한국이라는 낯선 땅에서 적응하며 성장해야 했고, 그 과정에서 겪는 모든 것이 처음이었으니까요. 그들은 매일 치열하게 노력함으로써 어른 판다로 자랄 수 있었습니다.

그들의 곁에 있던 사육사들도 마찬가지였지요. 판다들의 성장 과정과 행동, 신체 변화를 지켜보고 기록하고 그들에게 도움을 주기 위해 촉각을 곤두세웠습니다. 그런 과정 또한 사육사들도 처음 겪는 일이었기에 판다라는 야생동물에 대해 많이 공

부하면서 아이바오, 러바오에 대해 알아갔습니다. 덕분에 하루하루, 하나하나가 특별한 기대로 가득 찼죠. 사육사와 수의사, 아이바오와 러바오 또한 서로의 상태를 체크하고, 지금 알아야 하고 해야 하는 것들을 열심히 탐구했던 겁니다.

그런 지난한 과정을 거쳐 아이바오와 러바오는 우리에게 세상에서 제일 사랑스럽고, 세상에서 가장 큰 기쁨을 주는 보물이 되었습니다. 그리고 어린 한 쌍의 판다에서 어엿한 어른 판다이자 국내 최초 엄마, 아빠 판다로 자란 것이죠. 국내 최초 아기 판다 푸바오의 탄생만큼이나 아이바오, 러바오와의 만남과 그들의 성장은 우리에게 찾아온 기적 같은 일입니다.

푸바오 육아 중인 아이바오를 위해 송바오가 댓잎을 모아주고 있다.

판다월드 실내 방사장에서 댓잎을 먹는 러바오

3장

오늘도 털찌고
아주 많이 뚠빵해요

댓잎말이 간단 설명서

좋은 대나무 고르는 능력이 있어요

댓잎은 역시 최대한 많이 모아서 한입 크게 베어 먹어야 제맛이에요. 맛있는 댓잎을 모으기 위해서는 먼저 코로 냄새를 맡아 향이 가득한 것들을 찾아요. 그것들을 움켜잡는 동시에 어금니로 줄기를 끊어내죠. 잎들은 혀의 도움을 받아 차곡차곡 모아야 해요. 이 모든 게 삼박자가 어우러져야 하죠. 쉬운 게 아니라고요. 적당히 두껍게 모아 한입씩 베어 먹는 하동의 설죽 맛은 일품! 오늘도 많이 먹을 거예요. 졸릴 때까지요.

사그작 사그작 짭짭짭짭!

잠자는 판다월드의 푸공주

사랑의 키스로 나를 깨워줘요

나는 판다월드의 왕 러바오와 왕비 아이바오 사이에서 태어난 푸바오 공주예요. 쉽지 않은 탄생이었기에 많은 이들의 축복을 받으며 자랐죠. 그러던 어느 날, 나는 대나무 가시에 찔려 깊은 잠에 빠졌어요. 나를 진정으로 사랑하는 왕자님이 나타나 키스를 해주면 잠에서 깨어 날 수가 있대요. 그 왕자님이 내 앞에 와 있는 게 느껴져요. 이제 곧 나에게 사랑의 키스를 해 주겠죠? 나는 잠에서 깨어나 그와 함께 오래오래 행복하게 살아가야 하는데요……. 이상해 요. '찰칵찰칵' 소리만 들려요……!

'이봐요! 뭐해요!

어서 나에게 키스를 해줘요!

오래 기다렸단 말이에요. 어서요!'

푸바오의 해명

누군가 나를 보고 말했어요. 판다는 게으르다고, 매일 잠만 잔다고요. 하는 것도 없이 팔자 좋다고요. 생각지도 못한 표현에 나는 깜짝 놀랐어요. 나의 삶을 어떻게 설명해야 할지 고민이 많아졌죠. 맞아요. 나는 하루 종일 먹고 자기를 반복해요. 하지만 오해가 좀 있는 것 같아 설명하고 싶어요. 귀를 기울여 잘 들어주세요.

나는 맹수의 신체구조와 장기를 가지고 태어났어요. 하지만 고기 대신 식물인 대나무를 먹고 살아가죠. 그 때문에 소화력이 좋지 않아요. 에너지를 계속 유지하려면 대나무를 많이 먹고 많이 자면서 활동을 최소화해야 해요. 나에게 먹는 일이란 잠들기 위한 준비이고요. 또 나에게 자는 일이란 먹기 위한 준비예요. 완벽한 식사를 하기 위해 최고의 휴식과 수면이, 완벽한 휴식과 수면을 위해 최고의 식사가 필요하죠. 나는 생존이 최우선인 야생동물이고, 살아남기 위해 먹고 자기를 최선을 다해서 반복해야 해요. 그렇게 보이지 않는 것뿐이지만요. 삶에 있어 치열하지 않은 야생동물은 없어요.

그래도 나는 매번 먹어야 하는 만큼만 먹고, 자야 할 만큼만 자요. 그 이상 욕심 부리지 않죠. 단지 편안해 보인다고 오해하지 마세요. 나는 절대 게으르지 않답니다. 판다들이 현명하게 찾아낸 생존 방식과 규칙을 지키며 긴장감 있는 현재를 살아가고 있어요. 이러한 일상이 누군가에게는 그토록 완전해 보이는 게으름일지 몰라도 나에게는 이토록 철저한 근면이에요. 이제 내가 왜 치열하게 먹고 자기를 반복하는지, 그 이유를 알겠지요?

이건 나의 생존에 대한 심오한 이야기예요. 오늘도 누군가는 나를 보고 완전 게으르다고 하겠지만, 난 오늘 하루를 뜨겁게 살아가고 있답니다. 이 글을 읽은 당신이 오해와 편견으로부터 벗어나 나와 판다들을 이해해준다면, 그보다 큰 행복이 어디 있겠어요. 나는 오늘도 게으름을 피우지 않고 철저하게 근면할 거예요!

코어의 힘

비결을 알려줄까요?

나무에 앉아 댓잎 먹는 나 어때요?

바르고 안정된 자세가 멋지지 않나요?

비결을 알려줄게요.

바로 코어 근육에서 나오는 힘이랍니다!

판다에게 이 근육은 타고 나는 거래요~

유연함 기르기

하나, 둘! 하나, 둘!
삶을 살아가기 위해 유연함은 중요해요.

멋진 나무를 잘 오르고 어떤 곳에서도 편안하고 부드럽게 자리를 잡아야 하기 때문이죠.
높은 곳에서 떨어지거나 넘어질 때도 유연함은 다시 일어날 수 있는 힘이 되어줘요.

근데 사실은요. 저는 마음이 더 유연한 판다예요. 몸도 마음도 유연하려면
매일 꾸준히 단련해야 하죠. 그래야 더 단단하고 유연할 수 있다고요.

여러분도 저처럼 몸도 마음도 단단하고 유연한 삶을 살아보세요.

하나, 둘!
하나, 둘!

2층 침대 3

난 1층이 편해요

괜찮아요. 전 여기가 편해요. 믿기지 않겠지만 이거 2층 침대예요. 엄마가 2층에 있다는 것도 알고 있어요. 설마요. 무너지진 않을 거예요. 우리 엄마 날씬하거든요. 뚱뚱한 건 저예요. 가끔 다리가 저릴 때가 있긴 해요. 그땐 코에 침을 발라요. 가끔 엄마 고구마에 맞아서 잠에서 깨기도 하지만 엄마가 근처에 있다는 생각으로 참아내요. 천장이 조금 더 높았으면 좋았겠지만요. 자다가 바닥에 떨어질 일은 없으니 만족해요. 어? 조금 전에 무슨 소리냐고요? 엄마의 방귀 소리요. 저 아니에요. 그냥 못 들은 척하세요. 냄새가 사라질 때까지 시간이 좀 걸려요. 잠시만요. 엄마랑 왼쪽으로 돌아눕기로 약속한 시각이네요. 끙차! 어쨌든 전 1층이 편해요.

삼송폰

독립이 뭐죠?

며칠 후면 독립을 하는 날이래요. 송바오가 대나무로 만든 스마트폰을 추천해줬어요. '삼송폰'이라는데, 위험한 일이 생기면 이걸로 연락할 수 있대요. 왜 나한테 이게 필요하다는 건지는 잘 모르겠어요. 그래도 이 삼송폰만 있으면 엄마, 아빠와 영상통화도 할 수 있대요. 혼자 있을 때 무료함도 달래줄 거라네요. 그러면서 여러 기능과 사용법을 알려주고 있어요.

네, 알겠어요~ 산다고요!

그래서 그거 얼만데요?
약정 기간은요?

참! 그런데요.
독립이 뭐죠……?

사랑 정류장

행복해지고 싶은 날에는 혼자만의 여행을 떠나요. 그러기 위해서는 봄 내음 가득한 정류장에 나가 나를 태워줄 '사랑'이라는 버스를 기다려요. 이 버스의 배차 시간은 비밀이래요. 그래서 기다리는 동안 먹을 도시락을 한가득 챙겨야 하죠. 정차 시간도 아주 짧아서 버스를 놓치지 않도록 가끔씩 먹는 걸 멈추고 확인해야 해요. 버스를 타고 떠난 여행길은 꽤 멀고 험난해요. 일단 한 번 올라타면 중간에 내릴 수가 없거든요. 환승도 안 되죠. 정류장에 도착한 버스에 부랴부랴 올라타고 나면 빠뜨리고 온 물건이 있는 것 같아 찜찜하기도 하고, 다른 버스를 탄 것 같아 불안하기도 하죠. 그래도 능숙한 가이드가 안내하고 노련한 운전기사가 정해진 노선을 따라 운전하면, 나는 창문을 열어 편안하게 바람을 맞아요. 어느새 내 옆자리에 새로운 승객이 앉네요. 기쁨을 주는 그의 향기에 내 마음에도 사랑이 가득 샘솟아요. 하지만 나와는 목적지가 다른가 봐요. 아쉽지만 다시 혼자네요.

나는 나에게 달려오는 풍경을 기쁘게 맞이해요. 도착지에 무사히 닿기를, 나의 가슴을 뛰게 할 또 다른 승객이 타기를 기대하면서요. 너무도 빠른 버스 속도에 멋진 풍경들이 숨 가쁘게 지나가지만, 나는 그 찰나의 묵직하고 만족스러운 장면을 온몸으로 기억하죠. 처음 이 버스를 탔을 때에는 종점이 있는 줄은 몰랐어요. 나를 찾아온 새로운 풍경들에 마냥 신나고 기뻤거든요. 모든 것이 다채롭고 신비로웠어요. 이 행복한 여행이 끝나지 않을 것만 같았지요. 이제는 처음과는 다르게 내려야 하는 종점이 있다는 것을 알아요.

나는 지금 새로운 버스가 오기를 기다려요. 그게 행복이라는 걸 알았거든요. 행복은 결코 쉽게 쥐여지지 않는다는 사실도요. 이별이 두려워 사랑하지 않으면 사랑을 알 수 없어요. 이별까지도 사랑인 거죠. 앞으로 나에게 사랑이라는 버스는 늘 그렇게 쫓기듯 바쁘게 다가왔다가 어느새 떠나갈 거예요. 종점에 다다른 버스에서 내려야 할 때, 나는 내가 가진 모든 사랑을 후회 없이 다 두고 내릴 거예요. 조금은, 어쩌면 많은 미련이 남겠죠. 하지만 그래야만 해요. 그렇게 비워야 또다시 다가올 사랑으로 나를 가득 채워 나갈 수가 있거든요. 나는 오늘도 사랑 정류장에서 기다리고 있어요, 이 모든 게 기분 좋은 상상이어도 좋아요. 그 또한 나에게는 행복이랍니다. 기꺼이 나를 살게 하는 사랑이랍니다.

봄을 만나러(Le)

나는야 프로 기쁨러

너와 나른한 오후의 낮잠을 즐기러

너와 따뜻한 바람과 햇살을 맞으러

너와 푸릇한 풀밭에서 도시락 먹으러

너에게 낭만과 매력을 마음껏 뽐내러

너에게 나만의 향기를 폴폴 풍기러

너에게 '세상에서 제일 멋짐'을 과시하러

그렇게 나는 너를 보러, 느끼러, 만나러

둥글둥글 데굴데굴 굴러굴러

살랑살랑 다가와줄 너를 불러

봄아,

내 옆에 와줄래?

나랑 같이 앉을래?

홀로서기

매일 당당한 판다로 잘 지내다가도 괜스레 엄마가 생각나는 날에는 여기로 와요. 여기는 엄마와 내가 서로의 냄새로 편지를 남기는 장소거든요. 오늘은 어떤 이야기를 남겨주었을까요? 아, 저보고 대나무 투정 부리지 말라고 하네요. 서리하지 말고 할부지들이 주는 대나무 남기지 말고 잘 먹으라고요. 화단에는 들어가지 말래요. 가끔 처음 듣는 소리가 들려도 놀라지 말고, 놀라서 딸꾹질이 날 때는 어부바 나무로 가래요. 바깥에 있는 느티나무는 위험하니까 너무 높은 곳까지 올라가지 않는 게 좋대요. 엄마가 보고 싶을 때는 냄새 편지를 쓰래요. 나도 엄마에게 할 말이 있는데 냄새 편지를 써야 겠…… 참! 송바오에게 선물 받은 삼송폰이 있었네요! 엄마에게 전화를 해봐야겠어요. 여러분도 나중에 우리 엄마랑 통화해볼래요? 우리 엄마의 전화번호는 0031-2013-0713이에요.

2층 침대 4

이거 2층 침대라는 거, 기억하죠? 알아요, 지금은 2층이 비어 있다는 사실을요. 이제는 자다 가 위층에서 떨어지는 고구마에 머리를 맞을 일도 없고, 위에서 들려오는 방귀 소리에 놀랄 일도 없지요. 하지만 내 자리와 마음은 그대로예요. 몸이 조금 더 뚠뚠해져서 자주 다리가 저 리고 코에 침도 많이 바르게 되지만, 난 여전히 1층이 편하죠. 어쩌면 나는 2층의 온기를 느 끼고 있는지도 모르겠어요. 엄마와 함께할 수는 없지만, 씩씩한 판다로 자라고 있는 뚠뚠이 는 여전히 남아 있는 그 온기만으로도 행복해요. 그러니까 걱정하지 말아요. 나는 여전히 여 기가 편해요.

홀로 선 푸바오에게

어디보자, 우리 딸 푸바오가 어떻게 지내고 있는지 확인해봐야겠어요. 모든 판다가 그렇듯 저도 공간에 남은 냄새 편지로 푸바오를 느낄 수가 있어요. 오늘은 어부바 나무에 많은 이야기가 남아 있네요. 어제 제가 식탁 오르는 사다리에 남긴 편지 잘 읽었다네요. 가끔 대나무가 입맛에 맞지 않아 서리는 종종 하고 있다고. 또 가끔 화가 날 땐 화단에 들어가게 된다고. 이제 많이 용감해져서 어린애처럼 딸꾹질하는 건 많이 줄었다니 다행이에요. 어부바 나무는 엄마를 느낄 수 있는 제일 좋은 장소라는군요. 그렇지 않아도 바깥에 있는 느티나무에서 놀다가 떨어져서 엄마 생각이 났대요. 하지만 씩씩하게 툭툭 털고 일어났다고 해요. 엄마가 보고 싶을 때는 이제 전화도 할 거라는데…… 잠깐만요. 푸바오가 전화했었나 보네요. 어디 보자, 삼송폰 좀 확인해볼게요. 에고, 부재중 전화가 와 있네. 얼른 우리 딸에게 전화를 걸어봐야겠어요. 여러분도 나중에 푸바오랑 통화해볼래요? 우리 딸의 전화번호는 0031-2020-0720이랍니다.

천진난만한 발걸음

기분이 좋을 땐 뛰어요

"뚠뚠아~"

앗! 작은할아버지 송바오가 날 불러요. 언제나 다정한 목소리에 설레는 마음으로 사뿐사뿐 뛰어가요. 송바오는 언제나 나를 위해 멋진 선물을 준비해주거든요. 그래서 항상 기대되지요.

이 순간에는 뚠뚠한 나의 엉덩이도 깃털처럼 가벼워져요. 눈에서 레이저도 나오면서 안 좋던 시력도 좋아지고요. 기분이 너무나 좋은가 봐요. '꿀꿀' 돼지 흉내를 내는지 코가 바쁘게 움직여요. 그렇다고 오해하지는 마세요. 낭만파 아빠 러바오와 사랑스런 엄마 아이바오 사이에서 태어난 나는 천진난만 푸바오거든요. 송바오가 나를 놀리며 '아빠 두상을 닮아서 우리 공주 어떡하냐' 할 게 뻔하지만요. 그래도 그를 만나러 갈 때면 언제나 즐겁고 행복하답니다.

대나무 안경

갑자기 시력이 좋아진 거 같아요!

내 시력이 별로인 거 같다면서 작은할부지가 대나무 향 가득한 안경을 만들어줬어요. 오, 정말 온 세상이 맑고 선명하게 보여요. 진작 안경을 쓸 걸 그랬나 봐요. 멋진 대나무 테두리 덕분에 더욱 빛나는 나의 미모는 보너스고요!

어라? 정말 좋은 안경이네요.

안경을 벗어도 좋은 시력이 유지되고 있어요!

멋쟁이 기타리스트

나는 기타 치고, 당신은 노래 부르고

못 하는 게 없는 아빠가 왕년에 멋진 기타리스트였던 거, 여러분도 알았어요? 왼쪽의 모습을 봐요! 기타 잡는 폼이 예술이죠? 오른쪽을 보세요! 송바오는 락스타 같네요! 세련된 장화와 카고 바지가 무대와 잘 어울릴 것 같아요! 우리 아빠 러바오와 작은할부지 송바오, 대단하죠?

내가 매일 기타 타령을 하니까 작은할부지 송바오가 며칠 밤을 새워가며 나와 아빠의 기타를 만들어줬어요! 덕분에 요즘 기타를 배우고 있죠. 아빠 러바오가 그러는데 판다라면 악기 하나 정도는 다룰 줄 알아야 한대요. 그래야 커서 인기 있는 판다가 될 수 있대요.

내가 제일 좋아하는 노래는 '우리 마을 테마송'이에요!
내가 기타를 연주할게요. 우리 함께 불러 볼까요?

♪

아이 양이 양이 야 너무나 귀여운 판다야

널 보면 언제나 즐거워 해피 데이

사랑해 사랑해 재롱둥이 판다

달콤한 꿈처럼 내게 다가와

엄마 아빠도 언니 오빠도 판다를 좋아해

판다와 함께라면 언제나 행복해

라라라 라라라 웃음꽃 활짝 펴

에브리데이 해피 데이 반가워 판다야

퍼니 퍼니 퍼니 퍼니 판다월드

해피 해피 해피 해피 에버랜드

조이 조이 조이 조이 엔조이

스마일 스마일 스마일 스마일 해피 스마일

두근두근 설레는 마음 안고

세상에서 가장 예쁜 친구 찾아

요리조리 둘러보며 함박웃음

하 하 호 호 해피 투데이

음 따스한 햇살 예쁜 미소 가득 실은

상쾌한 바람에 흥겨운 노래하면

산새들도 좋아서 따라하는

아름다운 이곳은 에버랜드 판다월드

♪

장래희망은 아이바오

나는 보물이 될 거예요!

어느 날 송바오가 내게 와서 물었어요.

너는 커서 뭐가 되고 싶냐고,

나는 엄마를 떠올리며

자신 있게 대답했죠.

'세상에서 제일 예쁘고 사랑스러운 보물'이 될 거라고.

송바오

사랑받는다는 건

나랑 손잡을래?

사랑받는다는 건,

누군가 너의 손을 꼭 잡아주는 거란다.

바오패밀리로 연결된 우리

요즘 저는 바오패밀리가 대중들에게 어떤 의미인지 자주 생각합니다. 바오패밀리를 향한 대중의 관심과 사랑은 푸바오가 태어나기 전과 후로 크게 달라졌는데요. 이전에는 바오들의 이름이나 특징, 살아온 스토리 같은 세세한 정보보다는 '판다'라는 큰 프레임에 시선이 머물러 있던 듯합니다. 사육사를 비롯한 동물원 관계자들이 바오들 내면에 담긴 신비함과 메시지를 세상에 알리려 노력했지만, 녹록지 않았죠. 사육사라는 직업에 대한 인식도 지금과는 아주 달랐어요. 동물원과 사육사에게 관심을 집중시키기 어려웠기에 우리가 야생동물들을 통해 전하고자 하는 이야기 또한 알리기가 쉽지 않았습니다. 하지만 국내 최초 아기 판다

'푸바오'가 탄생하면서 바오패밀리는 물론 동물원과 사육사들 또한 대중의 넘치는 관심과 사랑을 받았습니다. 그리고 그 마음들이 많은 것을 바꾸었죠.

푸바오를 통해 동물원의 야생동물이 많은 이들의 사랑 아래 보살핌과 보호를 받고 있음을, 체계적인 보존 프로그램을 통해 그들의 생존을 이어가고 있음을, 더 나아가 동물원의 존재와 가치를 투명하게 보여드릴 수 있었습니다. 그러나 돌이켜보면 그 시간들은 결코 쉽지만은 않았습니다. 푸바오가 태어나기까지 사육사, 수의사뿐만 아니라 정말 많은 동물원 관계자들의 노력이 있었거든요. 아이바오, 러바오가 에버랜드 판다월드에 왔을

때가 떠오릅니다. 이후 5년 동안 그들이 판다 본연의 습성과 패턴을 자연스럽게 발현하며 살아갈 수 있도록, 또 성장하여 이성을 만나 암수 판다로서 숨겨진 능력들을 제대로 발휘할 수 있도록, 그리고 2세를 잉태해 세상의 빛을 볼 수 있도록 최선을 다했죠. 그 과정에서 사육사들도 힘든 시간을 겪었는데요. 말로 하기 어려운 많은 상처와 좌절, 괴로움과 슬픔이 있었어요. 그러나 인내하고 감내해야 했습니다. 그리고 푸바오를 마주하며 그 아픔들을 치유 받았죠. 여러분이 각자 놓인 상황에서 푸바오를 만나 그러했던 것처럼요.

코로나19로 모두가 힘든 시기를 겪었습니다. 아쉽게도 많은 이들이 판다월드에 방문해 직접 귀여운 아기 판다의 모습을 눈에 담지는 못했지만, 다양한 채널을 통해 이전의 과정과 노력이 다시 한번 조명을 받았습니다. 사람들은 말했습니다. 아이바오의 헌신적인 육아와 사랑의 보살핌에서는 감동을 느꼈고, 사육사와 야생동물과의 관계는 물론 그들의 진심 어린 노력과 푸바오의 성장기를 통해서는 희망을 얻었다고요. 그 과정에서 푸바오를 중심으로 자연스레 바오패밀리가 형성되었습니다. 이것이 푸바오가 그리고 바오패밀리가 여러분들에게 선사하는 귀중한 보물일 것입니다. 그렇게 우리는 특별한 관계가 된 것이죠.

사랑이 있으면 이별이 있고, 기쁨이 있으면 괴로움도 있다는 것을 우리는 잘 압니다. 살아가다 보면 행복한 시간만큼 불행한 시간도 겪게 되죠. 하지만 결국 상처 속에서도 피어나는 행복을 찾아내어 더 크게 키워가야 한다는 사실 또한 알고 있지요. 그래서일까요? 많은 이들이 러바오의 삶에서 기쁨을, 아이바오의 삶에서 사랑을, 푸바오의 삶에서 행복을 찾게 되었습니다. 그리고 바오들과 보다 깊이 교감하는 것에서 더 나아가 배려하기 시작했습니다. 청각이 예민한 바오들이 놀라지 않게 주의를 기울인 것이지요. 짧은 관람 순간에도 말입니다. 동물을 사랑하는 마음이 그들의 입장에서 생각하고 이해하며 존중하는 마음으로 발전했다는 점은 참 고무적이라 할 수 있습니다. 동물을 통해 치유를 받고, 다시 동물을 살피며 행복을 돌려주는 모습은 참 바람직한 현상입니다. 물론 나아갈 길이 멀다는 것을 잘 알지만, 한 단계 성숙한 관람 문화로 야생동물에 대한 진정한 사랑이 실현되는 뜻깊은 순간을 마주하니, 얼마나 기쁘고 보람차는지요. 이제 우리는 바오패밀리와 함께 서로 연결되어 살아가게 되었습니다. 바오패밀리가 우리에게 주는 것은, 푸바오가 우리에게 주는 것은 바로 그들과 연결되어 공존하고 있는 우리의 삶 자체일 겁니다.

4장

오늘의 나를 얼마큼
사랑하는지
말해줘요

듣고 싶은 말 1

나에게 말해봐요

괜찮아요. 좀 더 가까이 오세요.

자, 나의 귀에 대고 속삭여줘요.

나에게 해주고 싶은 말도 괜찮고,

평소 가지고 있는 고민도 괜찮고,

감추고 싶은 비밀 이야기도 좋아요.

괜찮아요. 푸바오에게 말해봐요.

푸바오가 모두 들어드릴게요.

다만 나에게 꼭 해주고 싶은 말이라면

달콤하기만 하지 않은 진심이 가득 담긴 말이었으면 좋겠고,

평소에 가지고 있는 고민이라면

꾸밈없이 솔직했으면 좋겠고,

감추고 싶은 비밀 이야기라면……

쉿! 미안해요. 안 들리네요!

듣고 싶은 말 2

말해줘요. 오늘의 나를 얼마큼 사랑하는지. 나는 알고 있어요. 우리가 알고 있는 가장 큰 숫자만큼 나를 사랑한다고 표현해줄 거라는 걸요. 나는 또 알고 있지요. 그 숫자는 천천히 조금씩 계속 커질 거라는 걸. 우리에게 크고 작은 숫자는 중요하지 않지만, 그래도 오늘만은 아끼지 말고 말해줘요. 오늘의 나를 얼마큼 사랑하는지 말하고 표현해줘요. 그러면 우리에게 오늘은 세상에서 제일 행복하고 특별한 날이 되는 거예요.

나만의 피리 연주회

아그작 아그작 삘릴릴리~

댓잎을 수북이 모아서 나만의 무대를 만들어요. 오늘은 어떤 연주를 할까 고민하면서요. 난간에 등을 기대고 저만치에 행복 가득 품었을 적당한 댓잎을 왼손으로 골라잡고요. 멋드러진 무대 장식이 필요하니 오른손으로는 대나무를 들어요. 연주를 시작하기 전에는 다리 하나를 까딱까딱 움직이며 박자를 세어보죠. 여러분들의 탄성이 들리네요. 두근두근 기대하는 마음으로 나를 바라보는 눈빛도 보이죠. 지금이에요! 입술로 살며시 댓잎을 물고 바람을 후 부는 거예요. 오른손으로 대나무를 흔드니 현란한 무대가 완성돼요. 후후, 돈은 필요 없답니다. 여러분들의 행복한 표정이면 그걸로도 충분하니까요. 찡긋!

아그작 아그작 (삘릴릴릴리)~
(삘릴리삘릴리) 아그작 아그작~

행복은 뚠빵뚠빵

벤치 아니고 벤츠 아니고 벤칰예요

오늘도 뚠빵한 하루예요. 나만의 대나무 파라솔이 뜨거운 태양으로부터 날 지켜주고, 나의 체형에 딱 맞춰 제작된 명품 감성 벤칰가 나의 몸을 감싸 안아주네요. 동네에서 맛 좋다고 소문난 대나무 줄기도 서둘러 한 다발 뚝딱 해치워야겠어요. 앗! 이런 나를 바라보는 당신이 거기에 있군요. 나랑 눈이 마주쳤어요. 됐어요. 괜찮아요. 오늘 몰디브는 주문하지 않을게요. 모든 게 완벽하거든요. 이보다 완벽할 순 없어요. 사실 어제도 오늘도 같은 하루지만 난 모든 순간을 항상 처음처럼 소중하고 새롭게 마주해요. 어떨 땐 낯설고 조심스럽기까지 하죠. 그래야 체내에 새로운 행복을 차곡차곡 쌓아 뚠빵해질 수가 있거든요. 많이 먹어서 그런 게 아니에요, 절대. 당신도 나를 그렇게 바라봐줘요, 늘 처음처럼. 새롭게요. 그러면 우리의 하루는 계속 행복으로 완벽해질 거예요. 오늘도 나의 행복은 정말 정말 뚠빵해요.

여름에는 대나무컵

송바오가 여름을 시원하게 보내라고 대나무컵에 물을 담아 꽝꽝 얼려서 가져다줬어요. 아무래도 마시라고 준 건 아닌 것 같아요. 너무 차가워서 오래 잡고 있을 수가 없어요. 잡고 있는 손까지 얼어버리는 느낌이에요. 그리고 조심해야 해요. 잘못하면 꽝꽝 얼어버린 대나무 컵에 혀가 달라붙을 수 있거든요. 그럼 그가 또 '얼레리~ 꼴레리~' 약을 올릴 게 뻔해요. 쳇. 이번에는 당하지 않을 거예요. 나의 두꺼운 지방과 따뜻한 털옷에 얼음 컵을 비벼서 녹여야겠어요. 덕분에 올 여름은 온몸이 시원하네요!

행복은 내 곁에

최선을 다해야 해요!

여러분, 행복은 언제나 손 닿는 가까운 곳에 있어요.
그렇다고 최선을 다하지 않아도 된다는 건 아니에요.
내 곁에 있는 행복을 찾아 용기를 내어 한 발짝 다가가
최선을 다해 손을 뻗어야 나만의 행복을 가질 수 있어요.

끄응~차!

뚠칫솔 333 법칙

맛있는 걸 어떡해요!

나의 까만 앞니가 걱정된다면서 송바오가 내 전용 칫솔을 만들어주었어요. 손잡이는 튼튼한 맹종죽 줄기로, 칫솔모는 8월의 신선한 댓잎 새순으로 구성되어 있죠. 그래서 그런지 양치하는 순간 대나무 향이 입 안에 가득 퍼지네요. 나도 모르게 칫솔을 깨물어 맛을 보고야 말았어요. 줄기도 새순도 정말 맛있어요. 나는 하루에 3번, 식사 후 3분 이내, 3분 동안 뚠칫솔을…… 먹어요. 맛있는 걸 어떡해요, 헤헷!

송바오 마중

들어가기 싫은데요?

뭐라고요? 벌써 집에 갈 시간이라고요? 밖에 나온 지 얼마 안 된 거 같은데…… 벌써 시간이
그렇게 됐나요? 아쉽네요. 에휴, 거기 누구 당근 한 조각만 주세요. 갈 때 가더라도 당근 한
조각 정도는 괜찮잖아……요? 저기, 송바오! 죽순 하나만 주세요. 갈 때 가더라도 죽순 하나
정도는 괜찮잖아요? 대나무 줄기 하나만~~ 알았어요, 그만할게요. 아그작 아그작. 그래요,
집에 들어가기 딱 좋은 날씨네요. 그런데 조금만 기다려줄 수 있어요? 잠깐만요. 조금만 더
먹고요. 아참! 근데 이제 집에는 제가 알아서 가기로 한 거 아니었나요? 왜 갑자기 마중을 나
오셨어요? 어, 왜 그래요? 가기 싫은 나를 왜 자꾸 미는 거예요?

낭만뚠빵이

봄이 왔으니 노래를 할까요?

봄바람이 살랑이는 풀밭에 기타를 안고 있으니

노래가 절로 나오네요. 한번 들려드릴까요?

5월은 푸르구나아아아아아이야아아아이야이야아아~
뚠빵이는 자라안다~
우워우워우워우워어어어어우워우워어어어~

하루하루가 기쁨

사랑과 행복이 함께하니까요

저 멀리 보이는 사랑은

행복을 닮았네요.

그 행복은 사랑과 기쁨을

고루 닮았고요.

그래서 결국 기쁨도

사랑과 행복을 닮아가나 봅니다.

사랑과 행복이 함께하는 나에게는

하루하루가 기쁨입니다!

2층 침대 5

나 요즘 2층에서도 잘 지내요. 이제 여기가 편하죠. 성장하면서 자연스럽게 나에게 맞는 자리를 찾아가고 있어요. 어릴 적에는 저 아래 1층이 한없이 넓게 느껴졌거든요. 그곳을 다 채우려면 정말 오랜 시간이 걸릴 거라고 생각했는데요. 이제 나의 뚠빵한 행복을 담아내기에는 조금 부족한 공간이 되었네요. 그래도 가끔은 찾아 들어가보려고요. 소중한 앨범을 꺼내보듯 말이죠. 몸도 커지고 마음도 담대해졌으니까 앞으로는 내 앞에 놓인 더 넓은 공간을 푸바오라는 행복으로 가득 채워보려 해요. 기대해주세요!

행복한 질문

푸바오와 함께한 모든 순간이 행복이에요

누군가가 나에게 물었어요.
푸바오가 주는 행복이 무엇이냐고.

나는 대답했지요.

"푸바오의 존재 자체가 바로 행복이에요."

푸바오와 함께한 모든 시간과
푸바오와 함께할 모든 시간에
우리의 행복이 있다는 것을 기억해주세요.

쿵푸판다 푸바오

판다월드의 평화를 위해 출동!

나는 판다월드를 지키는 정의의 용사 푸Fu! 어려운 이들을 돕고 악당으로부터 마을의 세 가지 보물인 기쁨, 사랑, 행복을 지키는 임무를 맡고 있지요. 쉿! 우리 집안은 대대로 곡물로 만든 영양식빵을 먹으며 특별한 초능력을 길러요. 쿵푸판다로 변신해서 하늘을 날고, 순간 이동도 할 수 있지요. 우리에게 그 영양식빵은 아주 중요하기에 항상 떨어지지 않게 잘 구워서 비밀 장소에 차갑게 보관하고 있죠. 그러다가 필요한 순간에 먹고 힘을 내서 악당들을 물리쳐요.

영양식빵을 만드는 특별한 비법은 나만 알고 있어요. 아빠에게 전수받았지요. 소싯적 우리 아빠도 대단한 용사였대요. 그땐 마을에 지켜야 하는 보물이 두 개였대요. 기쁨과 사랑이었죠. 아빠의 이름만 대면 악당들이 벌벌 떨었대요. 아, 영양식빵 만드는 법이요? 음, 나중에 말해줄게요. 아무튼 비법대로 만들지 않은 영양식빵을 먹으면 몸이 뚠빵뚠빵해지고 기운이 없어지면서 깊은 잠에 빠진대요. 그러면 다시는 초능력을 사용할 수 없게 돼죠. 영양식빵을 너무도 좋아했던 우리 아빠는 그만 악당들의 함정에 빠져서 엉터리 영양식빵을 먹었대요. 그러다 뚠빵해지면서 초능력을 잃었대요. 아빠는 그때의 아픈 기억 때문에 아직도 영양식빵을 먹을 때면 기운이 빠진대요. 그래서 조심하고 또 조심하죠. 그런 아빠의 모습을 볼 때면 내 마음이 너무 아파요.

그런데 말예요! 아빠를 함정에 빠뜨렸던 바로 그 '구구바오'와 '쨱바오' 일당이 최근에 다시 나타나 몰래 영양식빵을 훔쳐 먹고 얻은 능력으로 나쁜 짓을 일삼으며 마을의 보물을 노리고 있어요. 또 자기들 세력을 키우기 위해 영양식빵의 비법까지도 빼앗으려 해요. 안 되겠어요. 지켜볼 수만은 없죠. 이제 내가 나설 차례예요. 아빠의 복수를 할 때가 드디어 온 거예요! 우리 마을의 보물을 지키기 위해, 그리고 조만간 나의 뒤를 이을 쌍둥이 동생들의 안녕을 위해 영양식빵을 한 조각 베어 물고 악당들을 혼내주러 출동해야겠어요!

이얍! 나는 정의의 용사 쿵푸판다 푸바오예요!

판다월드 푸공주

송바오가 나에게 빗자루를 하나 주며 이렇게 얘기했어요. 방사장 청소를 깨끗이 해놓으라고. 고구마들도 깨끗이 치워놓으라고. 그리고 깨진 독에 물을 가득 채워놓으라고. 도움이 필요하면 두꺼비에게 전화해보라고. 그리고 집안일이 다 끝나면 내가 좋아하는 얼음 장화를 신고 무도회장에 왕자님을 만나러 가라고. 너는 호박을 무서워하니까 호박 마차는 타지 말라고. 하지만 12시까지 꼭 돌아와야 한다고. 서두르다가 얼음 장화 한 짝을 계단에 꼭 떨어뜨리고 와야 한다고. 뭔가 이야기가 뒤죽박죽 섞인 거 같은데 그가 오늘 나에게 왜 이러는지 모르겠어요. 그래도 나는 언젠가 꼭 나만의 왕자님을 만나서 오래오래 행복하게 살고 싶은 '푸공주' 랍니다.

판다와 쏭!

혼자이지만 혼자가 아니라는 걸 기억해요.

하늘과 땅, 공기와 바람, 햇빛과 그늘, 해와 구름,

나무와 풀, 꽃과 향기, 물과 바위, 새들과 소리,

동물과 사람, 그리고……

판다와 쏭!

행복이라는 과제

미루지 마세요

오늘의 행복은 오늘 하고,
내일의 행복은 내일 하세요.

미루지 말고 차근차근 행복하고,
하루도 빠짐없이 행복하세요.

지나온 모든 행복을 추억으로 복습하고,
다가올 모든 행복을 설렘으로 예습하세요.

행복한 과제는 내 안에 꼭 저장하고,
한 번 더 복사해서 주변에 붙이세요.

그리고 그렇게 계속 나아가세요.

영원한 우리의 아기 판다

우리 행복을 만나요

사랑의 가장 고통스럽고 힘든 순간을
이겨내고 시작된 사려 깊은 행복을 만나요.

기쁨으로부터 잠시 멀어졌던 혼란한 세상에서
마음을 치유하는 순수한 행복을 만나요.

겨우 손안에 들어올 정도로 작고 소중했던
지금은 온몸으로 담아내기에도 벅찬
슬기와 지혜로 담대해진 행복을 만나요.

세상의 아름다움을 급하게 담아낼 욕심에
서둘러 떠버린 실눈으로 주위를 흡수하더니
이제는 반대로 세상에 자연의 아름다움을 발하고
그것을 깨닫게 해주는 고마운 행복을 만나요.

때때로 과하거나 부족할 거라는 걱정을
사랑이라는 믿음과 정당하고 당연한 이치로
다시금 나눌 준비가 된 충만한 행복을 만나요.

매일의 도전과 모험을 즐기며
넘치는 용기와 짜릿한 성공의 희열로
세상에 선함과 긍정의 기운을 아로새긴 행복을 만나요.

세상에서 제일가고 유일무이한 보물과
하나의 가족이라는 단단한 연결고리로
언제나 우리를 이어주고 있는 특별한 행복을 만나요.

나는 늘 바라고 바라요.
부디 너무 빠르지 않게 조금씩 천천히
조용히 흘러 흘러 간절한 주문을 외우듯
우리 그렇게 어디서든 오랫동안 건강한 행복을 만나요.

천 개에서 만 개의 날들이 지나더라도
국내 최초 아기 판다 푸바오와의
행복한 만남을 계속해서 이어가요.

너와 나 그리고 우리

송바오

나는 너에게, 너는 나에게

넌 나에게 물었지,
너를 사랑했냐고.

난 너에게 말했어,
너를 사랑했다고.

넌 나에게 물었지,
너와 행복했냐고.

난 너에게 말했어,
너와 행복했다고.

넌 나에게 물었지,
너와 함께하겠냐고.

난 너에게 말했어,
우린 이미 함께라고.

넌 나에게 물었지,
네가 그립지 않겠냐고.

난 너에게 말했어,
난 바보가 될 거라고.

너만을 그리워할······.

어머니와 같은 마음

제가 가장 좋아하는 순간이 있습니다. 엄마가 된 야생동물이 자기 아기가 노는 모습을 바라볼 때죠. 관심과 애정을 가지고 새끼 때부터 엄마로 성장할 때까지 지켜본 친구라면 더욱 그렇습니다. 그리고 아기와 함께하는 순간, 그 공간은 지금까지와는 차원이 다른 공간이 되잖아요. 엄마와 아기는 서로를 애틋한 눈빛으로 바라보죠. 그 눈빛에는 인간의 언어로 표현하기 어려운 많은 것들을 담고 있습니다. 특히 엄마의 두 눈에는 사랑과 행복이 가득하지만, 근심과 걱정도 자리해 있습니다. 현재의 행복과 미래에 대한 걱정, 긴장감이 공존하는 듯해요. 야생동물에게 성장과 번식의 과정은 '생존' 그 자체이니까요. 아주 치열한 일입니다.

그러니 그들을 바라보는 사육사의 마음 또한 조금 아려요.

야생동물은 생존하는 능력을 스스로 갖춰야 합니다. 사육사가 그 종의 특성에 맞춘 도움을 주지만, 그러한 부분 또한 최소가 되어야 하죠. 조금은 냉철해져야 합니다. 사육사로서 도움을 줄 수 있는 일이 있어 감사하지만, 야생동물에게 충분한 능력이 있음에도 불구하고 모든 일을 사육사가 대신 해준다면 그것은 나의 욕심이 될 수 있습니다. 도가 넘치는 사랑일 수 있지요. 그래서 그 어렵고 힘든 성장과 생존의 과정을 당당히 이겨내고 엄마가 되어 모성애가 가득 담긴 눈빛으로 자신의 아기를 바라보는 야생동물의 시선에 감동을 받지 않을 수 없는 거지요. 그런 순간에 저는 동물원의 사육사로서 참된 기쁨과 행복을 느낍니다.

딸아이가 아장아장 걷던 시절의 이야기를 하고 싶습니다. 아이스크림을 입 주변에 잔뜩 묻히고 제 앞에 섰어요. 저는 옷소매를 끌어당겨 아이의 입 주변을 닦아주면서 가슴이 뭉클해졌습니다. 어린 시절 나의 모습이 떠올랐거든요. 그리고 아이를 향한 그 마음과 시선으로 나를 바라봤을 어머니가 떠올랐죠. 그리고 생각했습니다. 아이를 돌보는 일은 과거와 현재, 또 미래를 연결해주는 타임머신 같다고요. 야생동물의 세계에서도 그 순간들이 존재합니다. 아이바오가 푸바오를 바라보는 눈동자에서 기억과 시공간으로 연결되는 감정이 느껴지죠. 그건 자신의 어린 시절을 기억하는 엄마의 마음이었고, 자신의 엄마를 기억하는 아이의 마음이었습니다. 이제 알게 되어 미안하다는 마음이고, 그래서 더 소중한 널 끝까지 지켜주겠다는 무한한 마음이었습니다. 그렇게 사육사는 야생동물에게 '어머니와 같은 마음'을 배웁니다.

신입 사육사일 때는 잘 몰랐습니다. 자식을 돌보는 '어머니와 같은 마음'으로 동물을 돌보아야 한다는 게 어떤 건지를요. 나와 함께하는 동물을 아끼고 최선을 다해 사랑하기만 하면 되는 건 줄 알았죠. 어린 사육사는 사랑과 보살핌을 받는 입장이었기에 더욱 그랬던 거 같아요. 시간이 지나 저 또한 부모가 되고, 경력이 쌓여 야생동물이 엄마가 되는 과정을 많이 보면서 이제는 그 마음을 조금 알 것 같습니다. 아니, 배우게 된 것 같아요. 동물의 본성을 이해하고 그들의 일생을 바라볼 줄 아는 깊이 있는 시선을, 아무 조건 없이 헌신하며 큰 책임을 느끼는 마음가짐을, 인간과 동물은 서로를 존중하며 함께 살아가는 존재라는 사실을요.

많은 이들이 묻습니다. 사육사는 어떤 일을 하느냐고요. 그럼 이렇게 답합니다. "저를 우주(The Universe)라 믿고 바라보는 야생동물과 연결되어 서로의 삶을 어루만져주고 있습니다"라고요. 사육사로서 어떤 순간에 가장 기쁘고 보람을 느끼는지도 궁금해합니다. 그럼 전 이렇게 말하죠. "좋은 순간이든 나쁜 순간이든 어머니와 같은 마음으로 야생동물을 바라보는 매 순간이 사육사에게는 기쁨입니다"라고요. 사육사에게 보람이 무엇이냐 묻는다면, 글쎄요. 아직 모르겠습니다. 다만 이 업을 마치게 되는 순간에 나를 돌아보며 알 수 있지 않을까요? 동물원의 사육사라는 직업은 야생동물의 삶과 함께 시간을 보내며 나란히 성장하니까요.

우리는 판다월드의
보물가족이에요

여러분, 제가 짧은 동화책을 한 권 읽어드릴게요. 사랑하는 쌍둥이 동생들 루이바오, 후이바오 이야기니 잘 들어주세요. 아, 잠깐만요. 안경 좀 쓸게요. 시력이 좋지 않아 글을 읽으려면 안경을 써야 하거든요. 괜찮죠? 히힛. 참! 이 안경으로 말할 것 같으면 송바오가 나만을 위해 대나무로 만들어준 특별한 안경이에요. 대나무 향은 덤이죠. 참 신기한 안경이에요. 일단 착용하면 온 세상이 초록빛으로 보이고 마음까지 맑아져요. 또, 많은 사람들이 나를 바라보며 행복해하는 모습도 볼 수 있죠. 안경알도 없는데, 신기하죠? 요술 안경인가 봐요. 헤헷. 아 맞다! 이게 중요한 게 아닌데……! 말이 길었네요. 준비됐나요? 그럼, 시작할게요~

옛날 옛적에 꿈과 희망이 가득한 에버랜드의 하늘에는 해님과 달님이라는 귀여운 아기 천사들이 살고 있었어요. 그곳에서 해님과 달님은 매일 번갈아 가며 밝고 환한 보물을 사랑 가득 담아 하늘 아래로 내려주었죠.

때로는 해가 비추는 밝은 빛으로,
때로는 달에서 비쳐오는 환한 빛으로.

하지만 하늘 아래 사람들은 바쁘고 지친 탓에 눈앞의 꿈과 희망을 보지 못했어요. 아기 천사들은 무척 안타까워했답니다.

고민하던 아기 천사들은 7월 7일, 행운의 숫자가 운명처럼 두 번 반복되는 특별한 날에 분홍색의 뚠뚠팡팡 오동통통한 쌍둥이 아기 판다가 되어 지혜롭게 세상을 비추기 위해 직접 우리들 곁으로 내려왔어요. 귀여운 찐빵처럼 똑 닮은 쌍둥이 아기 판다를 만난 세상 사람들은 환호하고 기뻐했어요. 제발 환상이 아니길 바랐지요.

그리고 간절히, 간절히 기도했답니다.

마치 영롱한 옥구슬처럼 곱고 밝게 빛나는 쌍둥이 자매가 늘 건강하고 지혜롭게 자라기를, 함께하는 우리에게 큰 선물이 되기를, 이 반짝이는 보물들이 들려주는 향기로운 보물 같은 이야기로 우리의 지친 일상을 행복으로 치유해주기를요. 그리고 다시금 오롯이 그들이 있어야 하는 곳으로 돌아가 언제나 하늘을 밝히는 해와 달로 온전하기를요.

어때요, 재미있었나요?

있잖아요.
푸바오도 간절히, 간절히 바랍니다.

우리 바오패밀리와 함께하는
여러분의 모든 일상이
행복으로 가득 넘쳐나길 말이죠!

사랑하는 푸바오에게

안녕.

우리에게 언제나 행복을 주는 보물이고,

우리에게 언제나 영원한 아기 판다, 푸바오!

곧 우리의 곁을 떠날 너에게 편지를 쓰고 있어.

언젠가 이 순간이 올 것을 알고 마음의 준비를 했지만

예상했던 것보다 쉽지 않네.

나의 말을 알아들을 리 없다는 걸 알면서도 이렇게 편지를 쓴다는 건,

어쩌면 나 자신에게 하는 말일지도 모르겠어.

그래도 너를 사랑하는 이들 중 한 사람으로서

너의 앞날에 행복이 가득하기를 바라는 마음만은 잘 전달되길 바란다.

푸바오, 너는 나에게 참 특별한 존재란다.

많은 사람이 힘든 시기에 너를 만나 다시 일어설 힘을 얻은 것처럼,

너한테 말한 적은 없지만 사실 나 또한 그랬거든.

어렵고 힘든 시기를 겪던 와중에 푸바오를 만났고,

함께하면서 조금씩 상처를 치유했고,

행복이라는 테두리 안으로 다시 한 발 한 발 내디딜 수 있었단다.

네가 그런 특별한 존재이기 때문에

너의 하루가 매일 특별한 행복으로 가득하길 바랐던 거야.

너를 아는 사람들이라면 모두 나와 같은 마음일 거라 믿어.

좌절하지 않고 계속 앞으로 나아가야 한다는 걸 알려줘서 고마워.

생각해보면 참 희한하지 않니?

우리는 주고받고 연결되어 서로를 위하는 관계가 되었잖아.

그것이야말로 푸바오가 나와 우리에게 준 가장 큰 보물이고 선물인 거야.

푸바오, 우리는 처음부터 이별이 올 것을 알고 있었지.

그래서일까? 후회가 남지 않도록 하루하루 노력했던 것 같아.

너와 매일 나누는 사랑이라는 감정에,

교감의 순간에 최선을 다할 수 있었어.

여행을 떠나기 전까지 네게 행복한 기억을 가득 선물해줄게.

많은 사람이 물어본단다.

푸바오가 떠나는 게 맞느냐고.

왜 행복한 아이에게 슬픔을 주냐고.

이제 너에게 그 이야기를 해줄 때가 된 것 같아.

푸바오, 엄마와 아빠도 더 큰 행복을 찾아 먼 길을 떠나왔단다.

이곳에서 힘들고 어려운 시기를 이겨내고 행복한 삶을 살아가고 있어.

이제는 푸바오도 푸바오만의 행복을 위해

길고 먼 여행을 떠나야만 하는 순간이 온 거야.

살아가면서 힘들고 어려운 시기를 피할 수는 없단다.

누구에게나 찾아오지.

하지만 그 시기를 이겨내면 더욱 가치 있고 값진

행복의 보물이 찾아온다는 것도 알게 될 거야.

푸바오가 사랑하는 엄마, 아빠처럼 말이야.

이제는 이곳을 떠나야만 하는 이유를 이해할 수 있겠지, 푸바오?

왜냐면 그곳에 푸바오의 행복한 삶이 있기 때문이란다.

기억해, 푸바오.

너의 이야기는 처음부터 해피엔딩이었다는 걸.

기억해, 푸바오.

지치고 힘들 땐 너를 사랑하고 응원하는 가족이 있다는 걸.

있잖아, 푸바오.

푸바오라는 아기 판다를 만난 건,

나에게 참 기적 같은 일이었단다.

사랑해.

푸바오의 영원한 작은할부지,

송바오가

행복한 동물원

판다가족을 만나기 전, 고민이 많았습니다. 어디서부터 이야기를 시작해야 할까요? 한중수교 15주년을 맞이해 중국에서 온 황금원숭이 가족과 만난 2007년이 좋겠습니다. 황금원숭이를 담당하게 된 저는 그들을 보살피는 사육사이자 가족으로서 함께하게 되었습니다. 같은 해, 20여 년간 번식에 어려움을 겪고 있던 침팬지 번식 프로젝트에도 참여하게 되죠. 시간이 흘러 2010년, 마침내 황금원숭이와 침팬지의 번식에 성공하게 되었습니다. 부족함이 많았지만, 사육사이자 그들의 가족으로서 도움을 주는 과정을 통해 종의 특성을 정확하고 올바르게 이해해야 한다는 걸 배운 감사한 시간이었죠.

2015년에는 에버랜드 판다월드에 오게 될 자이언트 판다 한 쌍을 돌보는 업무를 담당했어요. 마침 황금원숭이 가족도 판다월드에서 함께 살게 되었거든요. 그들에 대해 잘 알던 저도 합류하게 된 것이죠. 오랫동안 공을 들이고 정을 주었던 동물들과 이별하는 일은 역시 쉽지 않습니다. 망설이고 고민하던 저에게 동물원 원장님은 메일을 보내셨어요. 스스로 공부하는 사육사이기에 맡긴 것이니 잘 부탁한다고. 실패하지 않을 테니 걱정 말라고. 격려와 조언이 담긴 원장님의 메일을 읽고 전 사육사로서의 사명감을 다졌습니다. 자이언트 판다들에 관해 공부했어요. 발정기 때 달라지는 판다의 행동과 습성을 이해하기 위해 중국과 일본을 오가기도 했죠. 그렇게 아이바오, 러바오의 합사 기술에 큰 노력을 기울였습니다. 다른 사육사들은 물론 수의사, 동료 들과 함께요. 덕분에 아이바오, 러바오가 멋지게 적응하며 판다월드에서의 새 삶을 꾸려나갔고, 푸바오를 비롯해 쌍둥이 루이바오, 후이바오까지 태어나 바오패밀리의 일원이 되었습니다. 처음 판다월드에 함께하게 되었을 때는 제 안의 상처가 깊어 다시 깊은 정을 나눌 준비가 되었을지 고민이 많았지만, 지금 돌이켜보면 그렇게 시작된 자이언트 판다와의 인연에 감사하고 행복합니다.

바오패밀리를 만나고 푸바오가 태어나면서 사육사로서 많은 변화를 겪었습니다. 송바오라는 이름으로 더 많이 불리기 시작했고요. 판다들의 매력 넘치는 일상을 대중에게 전하고자 유튜브에 함께하고, 늦은 나이에 문예창작학과에 입학해 글쓰기를 공부하게 되었죠. 유튜브 콘텐츠나 글을 통해 야생동물의 신비한 능력과 메시지를 전달함으로써 대중과의 심적·물리적 거리감을 좁힐 수 있었어요. 유튜브로는 사육사와 판다의 유대감 깊은 관계를, 글쓰기로는 판다의 다양한 감정과 중요한 정보를 전달했습니다. 덕분에 대중과 더 친밀하게 소통하고 소중한 이야기를 보여드릴 수 있었죠. 사육사의 업무를 확장하고 본업을 완벽하게 해주는 데 도움이 되었습니다. 물론 사육사의 기본 업무만으로도 충분히 바빴기에 새로운 일에 시간을 할애하고 정성을 쏟기는 쉽지 않았습니다. 그래도 사육사의 역할과 책임을 투명하고 진정성 있게 보여주면서, 대중에게 야생동물을 보호하고 보존해야 한다는 묵직하고 가치 있는 이야기를 전할 수 있었기에 기쁘게 일했죠.

사육사의 보살핌을 받는 야생동물과 생활하다 보면 항상 더 나은 사육사가 되고 싶은 마음이 듭니다. 유튜브와 글쓰기도 저를 더 나은 사육사가 되게 도와주죠. 내가 하는 말과 글과 행동에서 스스로가 어떤 사육사인지 드러나기 때문이에요. 덕분에 계속 공부하고자 하는, 노력하고자 하는 마음가짐을 가지게 됩니다. 사육사로서 야생동물의 이야기를 세상에 전달하고, 감동을 주는 일에 대한 신념을 갖게 해준 바오패밀리와 푸바오에게 정말 고맙다는 말을 전하고 싶습니다.

독자 여러분도 판다들의 일상을 통해 많은 변화를 겪었으리라 생각합니다. 바오패밀리와 푸바오의 이야기가 여러분의 삶에 깊숙이 들어오면서 기쁨과 사랑을 느끼고, 이제는 그들의 행복에 대해 고민하게 되었을 테죠. 예전에 어느 청소년 관람객이 저에게 이런 질문을 전했습니다. "야생의 판다가 행복한가요, 동물원의 판다가 행복한가요?" 그때는 대답하지 못했는데요. 하지만 이제는 그 답을 찾은 것 같아요. '그들의 특성에 맞는 환경과 공간에서 야생에서의 생활방식과 습성을 유지하고 자신들의 신비한 능력들을 제때 발현하면서 올바른 방향으로 건강하게 나아간다면, 다시 말해 자신들의 삶에 집중하며 살아갈 수 있다면 멸종위기종을 보호하는 시설인 동물원에서 판다는 행복하다고 말할 수 있다'라고요. 그것이 바로 바오패밀리가 우리에게 보여주고 있는 메시지라고 생각합니다. 특정 시설의 존폐보다 현실적으로 우리가 그들의 보호와 행복을 위해, 또 생명의 다양성을 위해 무엇을 하고 있는지가 더 중요할 것입니다. 이제는 함께 고민해봐야 할 때인 것 같습니다.

언제나 묵묵히 자신들이 해야 할 일을 해내는 자연과 야생동물에게는 우리가 배워야 하는 진리가 있습니다. 우리는 바오패밀리와 함께하면서 이미 많은 것들을 깨달아가고 있는 듯해요. 바오패밀리의 삶으로 치유 받은 모두의 관심과 사랑이 이제는 주위의 다양한 동물들의 행복으로 확장되어 내가 아닌 우리가 함께 공존하는 이야기가 되길 바랍니다.

감사를 전해야 할 분들이 많습니다. 제일 먼저 우리 곁에 함께하면서 신비한 능력을 보여주는 주토피아의 동물친구들에게 고맙다는 인사를 전합니다. 늘 바오들의 행복을 위해 함께 달려가는 판다월드팀, 바오들의 건강을 위해 최선을 다하는 수의팀, 그리고 동물의 환경과 복지에 대해 고민하고 대중에게 그들의 삶을 전하고자 밤낮으로 고민하는 원장님 이하 동료 사육사분의 노고에 응원과 감사의 인사를 드립니다. 판다 도입 때부터 공동 연구를 하는 '중국판다보호협회'와 모든 관계자분들에게 감사한 마음을 전하며, 푸바오와 루이바오, 후이바오를 위해 에버랜드를 방문하여 함께해주신 우카이, 왕핑펑 선생님께 특히 감사를 드립니다. 그리고 바오패밀리를 더욱 특별하게 만들어 주는 팬 여러분에게 슬기롭게 빛나는 사랑과 기쁨과 행복을 전합니다. 마지막으로 늘 저를 지지해주는 가족들에게 사랑한다는 인사를 전합니다.

작은할부지 송바오가 전하는 푸바오의 뚠빵한 하루

전지적 푸바오 시점

초판 1쇄 발행 2023년 11월 15일
초판 5쇄 발행 2023년 12월 11일

글·사진 에버랜드 동물원 송영관 류정훈
펴낸이 이승현

출판1 본부장 한수미
컬처 팀장 박혜미
편집 이문경
디자인 김준영

펴낸곳 ㈜위즈덤하우스   **출판등록** 2000년 5월 23일 제13-1071호
주소 서울특별시 마포구 양화로 19 합정오피스빌딩 17층
전화 02) 2179-5600   **홈페이지** www.wisdomhouse.co.kr

ⓒ 에버랜드 동물원, 2023

ISBN 979-11-7171-010-2 03810

· 이 책의 전부 또는 일부 내용을 재사용하려면 반드시 사전에 저작권자와
  ㈜위즈덤하우스의 동의를 받아야 합니다.
· 인쇄·제작 및 유통상의 파본 도서는 구입하신 서점에서 바꿔드립니다.
· 책값은 뒤표지에 있습니다.

KC마크는 이 제품이 공통안전기준에 적합하였음을 의미합니다.
제조국 : 대한민국 사용 연령 : 8세 이상
책장에 손이 베이지 않게, 모서리에 다치지 않게 주의하세요.

에버랜드 동물원은 중국야생동물보호협회,
중국 자이언트판다 보호연구센터와 함께 자이언트판다의
보호 및 보전에 노력하고 있습니다.